Volker Heins

A Faint Cold Fear Thrills Through My Veins · William Shakespeare

Zu diesem Buch

Sie begreift zunächst nicht. Dann weicht sie zurück, stolpert und schlägt längelang hin.
Bielmeier weiß nicht mehr, war er tut. Er wälzt sich auf sie.

Und dann ist Senta Bäumler tot. Der Nachbar hat die Sechzehnjährige vergewaltigen wollen. Er war betrunken, und sie wollte schreien. Da hat er sie erwürgt.
So einfach ist das.
Und dann?
Niemand, so hofft der Mörder, hat ihn ins Haus gehen sehen. Niemand sieht, wie er es verläßt – da ist er ziemlich sicher. Und kurz zuvor hat dieser Mladek das Mädchen besucht, der Halbstarke mit dem Motorrad... Und der, stellt sich heraus, ist gesehen worden.
Der Mörder ist verzweifelt, will aufgeben, gestehen, den Strick nehmen. Aber dann siegt der Selbsterhaltungstrieb. Er verschafft sich ein Alibi. Es ist fadenscheinig; aber solange kein Verdacht auf ihn fällt...
Nein, es fällt kein Verdacht auf ihn. Die Polizei ist glücklich, daß sie eine, wie sie meint, lückenlose Indizienkette gegen Mladek in der Hand hat. Die Polizei sucht nicht mehr nach dem Mörder.
Aber der Vater der Toten?
Und Bielmeiers Ehefrau?
Und Bielmeiers Gewissen? Er *weiß* schließlich, daß Mladek unschuldig ist...
Ein Mann lebt auf Zeit. Die Galgenfrist läuft.

ERNST HALL, Jahrgang 1922, ist im Hauptberuf Journalist. In der Reihe rororo-thriller liegt bereits vor: Das Ohr (Nr. 2455). Weitere Romane des Autors sollen folgen.

Ernst Hall

Galgenfrist

Kriminalroman

Rowohlt

rororo thriller
Herausgegeben von Richard K. Flesch

Originalausgabe
Veröffentlicht im Rowohlt Taschenbuch Verlag GmbH,
Reinbek bei Hamburg, März 1981
Redaktion K. Schelf
Umschlagentwurf Ulrich Mack
Umschlagtypographie Manfred Waller
Copyright © 1981 by Rowohlt Taschenbuch Verlag GmbH,
Reinbek bei Hamburg
Satz Bembo (Linotron 404)
Gesamtherstellung Clausen & Bosse, Leck
Printed in Germany
380-ISBN 3 499 42553 x

Die Hauptpersonen

Senta Bäumler	stirbt jung, weil sie schön ist.
Horst («Bronco») Mladek	ist der Tat überführt – meint die Polizei.
Konrad Bielmeier	hat ein Alibi – aber auch ein Gewissen.
Bert Bäumler	hat einen Verdacht.
Agnes Bielmeier	hat den gleichen Verdacht.
Mutter Mladek	backt einen Mohnkuchen.
Scharli Löwenmähne Der Schwede Joschi, das Baby	fahren schnell und schlagen hart.
Die Kneemöller	betätigt sich staatserhaltend.
Die Polizei	fällt auf verschiedenes rein.
Die Strafkammer	wird wohl eine schlechte Presse haben.

Es wäre ein ganz unwahrscheinlicher Zufall, wenn jemand in dieser Geschichte reale Personen oder faktische Vorkommnisse wiedererkennen sollte. Handlung wie Handlungsträger sind, soweit dem Autor bekannt ist, frei erfunden.

E. H.

22. August
SIEBEN STUNDEN DANACH

Die erste Meldung über den Tod des Mädchens wurde gegen 17.45 Uhr im Rundfunk durchgegeben.

Kraftfahrer, die zu dieser Zeit im bayrischen Raum unterwegs waren und im Autoradio die Service-Welle von Bayern III eingeschaltet hatten, hörten zunächst eine Durchsage über einen Verkehrsstau auf der Autobahn Würzburg–Nürnberg zwischen der Ausfahrt Tennenlohe und dem Nürnberger Kreuz. Dann fuhr die Sprecherin in sachlich-nüchternem Tonfall fort:

Und jetzt eine Meldung der Kriminalpolizei: In den frühen Nachmittagsstunden wurde in Nürnberg-Buchenbühl die sechzehnjährige Realschülerin Senta Bäumler in ihrem Zimmer tot aufgefunden. Ein Sexualverbrechen ist nach den ersten Feststellungen nicht auszuschließen. Der Tat verdächtig ist ein achtzehnjähriger arbeitsloser Kfz-Mechaniker. Die Ermittlungen dauern an. Sachdienliche Hinweise an das Polizeipräsidium Nürnberg oder an jede Polizeidienststelle.

Nun noch der Wetterbericht: Die mit ihrem Schwerpunkt über Polen liegende, bis Westeuropa reichende Hochdruckzone wandert langsam südostwärts. Sie bestimmt weiterhin das Wetter, doch kann feuchte Luft von Westen her nach Nordbayern eindringen, was zu aufkommender Schwüle führt. Die Vorhersage für morgen: Nach Auflösung örtlicher Frühnebel zunehmend schwül. Tagestemperaturen 25 bis 29 Grad, in den Mittelgebirgen bis 22 Grad.

Bis zu unserer nächsten Durchsage nun wieder Musik ...

Dann wurde eine James-Last-Nummer eingeblendet. *Rosamunde* im Partysound.

DIE LETZTE STUNDE DAVOR

Die Verkehrsampel an der Kreuzung Marienbergstraße–Ziegelsteinstraße schaltet in Fahrtrichtung Ziegelstein auf Rot.

Horst Mladek schafft es mit einer Vollbremsung. Die Kawasaki scheint nach vorn in die Knie zu gehen und steht. Kein Reifenquietschen. Horst Mladek kann fahren.

Im Stillstand läßt er den Motor durch Spielen mit dem Gasgriff aufbrüllen. Er variiert den *Sound* von Pianissimo bis Forte, von Mezzo forte bis Crescendo. Er fühlt sich wie ein Virtuose, der ein PS-Thema mit Variationen meisterhaft zu Gehör zu bringen versteht.

Bei einem hageren Graubart, der bei der Fußgängerampel die Fahrbahn überquert, findet er keinen Beifall. Der Alte, der eine Plastiktasche trägt, aus der die Enden von vier grünen Salatgurken herausragen, bellt zu ihm herüber. Es ist kein Wort zu verstehen, aber es sind gewiß keine Schmeicheleien, die er sagt. Wahrscheinlich heißt es: «Wieder so 'n Halbirrer ... Zu meiner Zeit ...»

Die Ampel springt auf Grün.

Horst Mladek startet. Die Kawasaki bäumt sich ein wenig auf, macht einen Satz nach vorn. Weiter geht's in Richtung Buchenbühl. Dort wohnt Senta Bäumler, seine Disco-Eroberung.

Es ist nicht seine erste. Obwohl seine inzwischen geschiedenen Eltern ihm gegenüber das Thema Sex niemals anzuschneiden wagten. Das bißchen, was er im Sexualunterricht in der Schule mitbekommen hat, hat er sowieso schon gewußt. In Schülerkreisen spricht sich ‹so was› rum.

In die Praxis hat ihn mit sechzehn eine gewisse Heidi eingeführt, die Schwester eines Schulfreundes. Sie war damals dreiundzwanzig und schon geschieden. Sie hat ihn einmal gebeten, ihr zu helfen, die Wohnzimmermöbel umzustellen, weil ihr die ursprüngliche Einrichtung nicht mehr gefiel ... Nach der Arbeit dann der Lohn: Sie hatte auf einmal nur mit einem Slip bekleidet vor ihm gestanden ...

Der Tag ist schwül.

Die Tachonadel pendelt um die 70. Wer fährt schon im Stadtgebiet 50!

Horst Mladek biegt nach rechts in die Ziegelstein Straße ein und kommt in der schlauchartigen Durchfahrt beim Schwendengarten zu weit nach links. Fast kollidiert er mit einem entgegenkommenden VW-Variant. Der Fahrer flucht. Es sieht aus wie in einem Stummfilm.

Weiter. Zu Senta.

Hat sich zwar in letzter Zeit ihm gegenüber bißchen zickig benommen. Spinnt manchmal, die Schwester. Bekommt manchmal 'ne Anwandlung von Bildungsfimmel. Soll sie. Kann nämlich auch super sein. Sozusagen 'n Knüller im Bett. Yes, Sir.

Horst Mladek muß es wissen. Er grinst gegen den Fahrtwind ... Ja: Fahrtwind. Helm? Na! So 'n Quatsch. Spürt man doch nichts von der Geschwindigkeit ... Der Helm hängt hinten links.

In dieser Woche hat ihr Alter Frühschicht. Da isse allein. Mutter is nich. Gestorben. Sturmfreie Bude und so ... Mal sehen, ob was läuft.

Er passiert den Bahnübergang der Gräfenberger Linie und braust durch Buchenbühl. Beiderseits Gärten, alleinstehende Familienhäuser, Idylle zwischen Rosenstöcken und Tomatenbeeten. Spießerviertel. Wenn schon.

Horst Mladek ist zur Zeit arbeitslos. Frisch ausgelernter Kfz-Mechaniker ohne Job. Was soll's? Seine Mutter führt eine Toto-Annahmestelle und einen Tabakladen. Sie hat die Kawasaki mitfinanziert. Außerdem gibt's Arbeitslosengeld. 75 Prozent vom fiktiven Anfangslohn eines Kfz-Mechanikergesellen ... Weiter die Kalchreuther Straße entlang. Dann links ab zum Märzenweg.

Horst Mladek trägt hochhackige Schuhe und Jeans, die ausgewaschen und abgewetzt sind wie die eines Viehtreibers aus Texas. Die schwarze Lederjacke hat an den Ärmeln in Ellbogenhöhe zwei weiße Doppelstreifen. Sie verhüllt eine schmächtige Heldenbrust. Ein knallrotes T-Shirt schimmert hervor. Ein schlampig verknüpftes, weiß-rot getupftes Tuch ziert seinen Hals. Das Gesicht ist ein wenig pickelig. Die blaßblauen Augen blicken spöttisch. Er hat ein sympathisches Lausbubengesicht. Die ungepflegte dunkle Haarmähne flattert im Fahrtwind.

Kuckucksweg 13/15. Ein Doppelhaus, das den Abschluß einer einseitig bebauten Sackgasse bildet. Dahinter Brachland, Unterholz, Gestrüpp. Fünfzig Meter weiter Waldrand. Kieferngehölz und Föhrenbestand.

Das Doppelhaus ist im Immobilienprospekt so ausgeschrieben gewesen: *Haustyp 554/0: Je 117 Quadratmeter Wohnfläche, pro Haus fünf Wohnräume, notarieller Festpreis inklusive Grund und voller Erschließung ab DM 220 450. – Finanzierung: DM 30 000 Anzahlung, Kosten pro Monat ab DM 677.–*

Zwei kleine Vorgärten mit zaghaftem Grün und Ziergesträuch. Zwei Zugänge. Zwei Klingelschilder: *B. Bäumler* und K. BIELMEIER. Die Einfriedung besteht aus sockelartigen Natursteinen. Gemaserte Steintreppen, braungetönte Haustüren. Hinten zwei Terrassen, getrennt durch eine blinde Kunstglaswand. Die Hinterfront: Im Parterre bodentiefes Wohnzimmerfenster mit Terrassentür. Im Obergeschoß, das rustikal verschalt ist, zwei großformatige Fenster (Schlafzimmer, Kinder- oder Gästezimmer) und stilisierte Satteldacharchitektur.

Horst Mladek ist am Ziel. Er stellt seine Maschine vor dem Grundstück ab.

Vorn bei Nummer 5/7 führt eine ältere Blondine einen Zwerg-Pudel spazieren, den sie ‹Prinzeßchen› ruft. Sie trägt ein honigfarbenes Sommerkleid, das für die Maße einer Zwanzigjährigen zugeschnitten ist und bei ihrer Figur lächerlich wirkt. Sie tut so, als wollte sie ihrem Schoßhund Gelegenheit geben, das Bein zu heben, und beobachtet neugierig den jungen Motorradfahrer. Sie sieht, wie er bei Bäumler läutet und ungeduldig mit dem Arm wedelt. Schließlich verschwindet er im Vorgarten von Nummer 15.

Sie wendet sich ab und geht weiter.

Es ist 09.52 Uhr.

Für Konrad Bielmeier von Nummer 13 ist es ein dämlicher Tag. Einer von jenen Konfektionstagen, an denen nichts passiert, an denen sich das Leben überdeutlich als Fließbanddasein zu erkennen gibt und man, wenn man so ist wie er, eigentlich nur eines tun kann: Sich mit Märzenvollbier das Innenleben anfeuchten.

Er hat heute Spätschicht, wie jede zweite Woche. Bis halb acht hat er gepennt. Dann ist er aus der ehelichen Koje geklettert, hat sich im grüngekachelten Bad kalt geduscht und auf den nüchternen Magen ein Bier getrunken. Sozusagen zur Einstimmung für das Tagewerk.

Um halb sieben ist Agnes – die er nur Lotti nennt, weil sie, findet er, so aussieht – aus dem Haus gegangen. Sie arbeitet als Bürohilfe in einem Ziegelsteiner Betrieb. Brav und pflichtbewußt wie eine Schweizer Uhr.

Wenn er an Agnes denkt, rührt sich bei ihm nichts mehr. Zehn Jahre ... Eine Ewigkeit.

Damals, als er sie beim Wanderverein ‹Edelweiß› kennenlernte, war sie noch einigermaßen diskutabel. Doch seither hat sich viel geändert. Sie ist inzwischen mit ihren 38 Jahren nicht schlanker geworden, und ihre erotische Ausstrahlung ist auf der Wertungsskala bei Nullkommanull angelangt.

Er braut sich einen schwarzen Kaffee zusammen und hockt verdrießlich auf der Eckbank in der schicken Anbauküche herum. Das Transistorgerät, das auf dem Tisch mit dem modernen Stahlrohrgestell steht, ist angestellt. Bayern III, Pop am Morgen. Dazwischen Zeitansagen und Verkehrsmeldungen.

Bielmeier blättert desinteressiert in der Morgenzeitung. Die zurechtgemachten Brote, die auf dem Teller liegen, rührt er nicht an. Sie sind mit Butter und Erdbeermarmelade beschmiert. Akkurat sind sie aufbereitet, wie mit einem Zentimetermaß ausgerichtet. Typisch Agnes.

Er rülpst, steht auf, geht nach oben ins Schlafzimmer (Birke, alabasterweiß) und betrachtet sich in der Spiegeltoilette.

Er ist nackt.

Er massiert sich seinen Bauch. Es ist eine kleine Bierwampe. Er findet sich nicht sonderlich faszinierend.

Er ist der Typ eines Mannes, dessen dünnes, weißblondes Haar schon eine Glatze erahnen läßt, obwohl er erst 44 ist. Und sein weichliches, pausbäckiges Gesicht mit den schlaffen Backenpartien und den fast wimpernlosen Augen reißt ebenfalls keine Frau vom Stuhl.

In den letzten fünf Jahren hat er Agnes mehrmals betrogen. Er ist überzeugt, daß sie ahnungslos ist. Er versteht es, ihr gegenüber den biederen Ehekumpel zu spielen. Und sie glaubt es ihm; da ist er ziemlich sicher. Daß im Bett nicht mehr viel los ist, macht ihr, so glaubt er, nichts aus. Sie ist seiner Meinung nach nicht der Typ, der sexuelle Ansprüche stellt ... Er kann Agnes durchaus leiden. Mit Maßen. Wie ein Bruder seine Schwester. Und sie sorgt für ihn.

Sie ist es auch gewesen, die aus der Stadtwohnung heraus wollte.

Sie hat von ihren verstorbenen Eltern DM 50000.- geerbt. Damit zahlte sie dann das Einfamilienhaus hier am Kuckucksweg an. Die Restschulden – Hypotheken und Bankkredite – arbeitet man nun gemeinsam ab.

Bielmeier zieht eine rote Badehose an und steigt in die Küche hinab. Er holt sich die zweite Flasche Märzenbier aus dem Kühlschrank.

Er wischt sich mit einem Papiertaschentuch die Achselhöhlen aus. Er schwitzt verdammt leicht. Er geht ins Bad und besprüht sich mit Duftspray. Dann schabt er sich mit dem Trockenrasierer das bißchen Flaum weg, das ihm an der Oberlippe und unter dem Kinn wächst.

Zu seinem Nachbarn Bert Bäumler, leitender Angestellter in der Datenverarbeitung eines Elektrokonzerns, hat er ein ganz gutes Verhältnis. Man sitzt manchmal abends auf der Terrasse beisammen und plaudert. Nicht oft. Nur hin und wieder. Denn Bäumler bleibt im Grunde genommen distanziert, kehrt ein wenig den Standesunterschied heraus. Schließlich ist er, Bielmeier, nur Pförtner in einem Zweigwerk in Langwasser.

Na ja, wenn's dem Bäumler Spaß macht.

Ein echter Lichtblick ist Bäumlers Tochter, die kleine Senta. Bielmeier hat sie schon oft heimlich beobachtet, wenn sie draußen im Garten wie eine Idee aus einem heißen Film umherläuft, oder wenn sie sich in einem Liegestuhl auf der Terrasse sonnt.

Er kennt in seinem Haus eine Stelle, von wo aus er die Terrasse der Bäumlers fast total einsehen kann. Wenn er den Schemel der Spiegeltoilette an die äußerste linke Seite des zweieinhalb Meter breiten Schlafzimmerfensters schiebt und sich draufstellt, ergibt sich ein Blickwinkel, der es ermöglicht, über die Glastrennwand hinweg die Nachbarterrasse einzusehen. Außerdem ist von dieser Position aus fast Bäumlers gesamtes Grundstück zu überblicken. Der cremefarbige Wolkenstore aus Tüll behindert zwar etwas die Sicht, ist jedoch eine gute Tarnung, um beim Beobachten von draußen nicht gesehen zu werden.

Er verrichtet widerwillig einige Hausarbeiten. Er schüttelt die Daunendecken und Kopfpolster der Ehebetten auf und breitet die Tagesdecke mit der großflächigen Blumenbordüre darüber aus. Friede dem ausgedienten Liebeslager! Unlustig fummelt er mit dem Staublappen herum, wischt über die Wäschetruhe, auf der das Hochzeitsbild steht.

Er mag dieses Foto nicht, denn er blickt aus dem Rahmen wie ein dämlich grinsender Halbidiot, und Agnes erinnert mit ihrer hausbackenen Gretchenfrisur, mit dem flächigen Gesicht und dem spitzen Kinn an eine nach saurem Schweiß riechende Ehrenjungfrau.

Er holt den Staubsauger aus dem Abstellraum, der sich unmittelbar neben der Küche befindet, und schleift ihn ins Wohnzimmer. Er reinigt den Veloursteppich. Richtig, die wuchtigen Polstersessel und die rostbraune Polsterecke muß mit dem Spezialsaugereinsatz gepflegt werden. Er wischt schließlich mit dem Staublappen die Leisten und Fächer der rostbraunen Mahagoniwohnwand.

Dann hat er keine Lust mehr. Er räumt das Zeug auf und holt sich aus dem Zeitschriftenständer, der neben dem Fernsehtisch steht, eine Wildwestschwarte. Das Heftchen ist bei Seite 22 aufgeschlagen.

Er wirft sich in einen Polstersessel und liest einen Absatz: ... *ringsum in der Dunkelheit war der Teufel los. Es stank nach Pulverdampf. Irgendwo polterte es. Holz splitterte, jemand fluchte. Schmerzensschreie ertönten. Dufty Ross blieb wie betäubt liegen. Plötzlich fühlte er eine eiserne Faust im Nacken. Jemand schleifte ihn gnadenlos durch die Nacht* ... Bielmeier gähnt und wirft den Schmöker (*Einsam unter Höllenreitern*) wieder in den Zeitungsständer zurück.

Es ist halb zehn.

Ist nebenan bei Bäumlers niemand zu Hause? Stimmt – er hat ja Frühdienst. Und Senta? Jetzt sind Schulferien; die müßte doch ... Er holt sich die dritte Flasche Märzenbier aus dem Kühlschrank, macht einen langen Schluck und geht nach oben. Er bezieht seinen Beobachtungsposten hinter dem Schlafzimmerfenster. Die Flasche hat er mitgenommen.

Senta steht mit dem Gartenschlauch unterhalb der Terrasse und sprengt den Rasen.

Bielmeiers Blick wird glasig.

Senta hat fast nichts am Leib. Der karminrote Tanga bedeckt nur briefmarkengroß die nötigsten Stellen. Die Kleine ist sechzehn, aber sie sieht aus wie zweiundzwanzig.

Bielmeier glaubt ihren Körper zu riechen. Ihr Gesäß ist prall, der Schwung der Hüften graziös. Die Oberschenkel findet er zwar ein wenig zu fleischig, aber keineswegs abstoßend.

Wenn sie sich leicht nach vorn beugt, um den Gartenschlauch in eine andere Lage zu bringen, erkennt er deutlich die beiden Grübchen über dem Gesäß in Beckenhöhe. Ihr Gesicht ist noch kindhaft. Doch die leicht aufgeworfenen Lippen, die etwas schrägstehenden Augen, die zarte Nase lassen Sinnlichkeit und Frühreife ahnen.

Das Bild im Garten erregt ihn. Als sie sich abermals bückt, sieht er, wie die Brust aus dem winzigen BH hervorquillt.

Es ist schwül. Er wischt sich mit dem Unterarm die feuchte Stirn ab.

Bisher hat er es verstanden, sich Senta gegenüber unbefangen und onkelhaft zu geben. Manchmal hat er mit ihr im Garten Tischtennis gespielt. Man hat miteinander herumgeblödelt. Oder er hat ihr geholfen, den Rasen zu mähen und das Unkraut zu jäten. Niemals hat er sich seine schmutzigen Gedanken anmerken lassen. So will er es auch weiterhin halten.

Nur: Die Gedanken kann ihm niemand verbieten. Sie sind nicht strafbar.

Er findet ihren Gang geschmeidig wie den einer Angorakatze. Sie ist braungebrannt. Sie trägt die Sommersonne am nackten Körper. Das hat er so poetisch einmal irgendwo gelesen ... Er hat in diesen Minuten kein Zeitgefühl.

Motorengeräusch schreckt ihn auf. Ein Kradfahrer braust den Kukkucksweg herauf und drosselt seine Maschine vor Bäumlers Anwesen.

Mist!

Bielmeier beobachtet, wie der Langmähnige mit der Lederjacke bei Bäumlers an der Gartentür läutet. Der Kerl bemerkt Senta, ruft ihr etwas zu und wedelt mit dem Arm.

Sie zeigt offensichtlich wenig Begeisterung für den Besuch. Sie wirft unwillig den Kopf in den Nacken, daß ihr offen getragenes, kupferfarbiges Haar wie ein Wasserfall bei Sonnenuntergang auf ihren Rücken fällt.

Dann geschieht etwas, das sich mit ihrer ursprünglichen Reaktion nicht vereinbaren läßt. Sie legt den Gartenschlauch aus der Hand. Durch den Druck des Wasserstrahls windet er sich wie eine wildgewordene Schlange. Senta dreht den Hahn, der sich neben dem Kellerfenster befindet, ab und betätigt in der Hausdiele den Summer. Die Gartentür springt auf.

Horst Mladek betritt das Haus, und Bielmeier ist um seine Peepshow betrogen.

«Scheiße!» flucht er und holt sich noch ein Bier. Es ist das vierte.

«Bilde dir bloß nicht ein, daß was läuft, du Schwachkopf.»

Senta steht breitbeinig in der Haustür und hat die Hände in die Hüften gestützt.

Horst Mladek zieht einen Kamm aus der Gesäßtasche und fährt damit flüchtig durch seine Mähne. «Tschau», grinst er und wiegt sich in den Knien. Er schiebt die flachen Hände mit den Handtellern nach außen unter den Hosenbund über dem Gesäß und blickt sich lässig um. Fehlen nur zwei Colts. Und der Stetson.

Senta macht eine unwillige Kopfbewegung: «Komm schon rein, du Idiot!»

«Haste 'n Cola oder so was Ähnliches?» fragte er, während er unsanft ins Wohnzimmer bugsiert wird.

Die Einrichtung ist gediegen. Wohnkultur in Altdeutsch. Er versinkt mit seinen hohen Absätzen in einem teuren Veloursteppich und steht herum wie bestellt und nicht abgeholt.

Er versucht seine Unsicherheit naßforsch zu überspielen. «Und wo steht dein Bett?» feixt er ihr entgegen, als sie mit einer Colaflasche und zwei Gläsern aus der Küche zurückkommt.

«Spinner!» sagt sie nur.

Sie nippen an den Colagläsern. Sie sitzen sich irgendwie befangen gegenüber und schweigen sich an. Schließlich betrachtet sie ihn spöttisch und stichelt:

«Und auf so 'ne Flasche bin ich reingefallen!»

«Sag bloß, das ist dein Ernst!»

«Was dachtest du denn?»

«Immerhin kennen wir uns schon drei Monate. Das is schon 'n halbes Leben.» Sein Blick ruht auf ihrer üppigen Brust. «Übrigens, nimmste eigentlich noch die Pille?»

Sie greift sich ein Zierkissen von der Couch und feuert es ihm an den Kopf. Er wirft es zurück. Es beginnt eine kleine Balgerei, wie im Kindergarten. Das geht so zwei Minuten lang weiter.

Plötzlich liegen sie beide auf dem Boden und werden ganz still.

Er streicht über ihren Körper, tastet sich zu ihren Hüften hinab. Sie hat die Augen geschlossen und atmet etwas schneller.

«Haste mir wirklich den Laufpaß geben woll'n?» fragt er heiser.

Sie öffnet die Augen – große, dunkle Kirschaugen, wie es in einem

Liebesroman heißen würde – und lächelt. «Frag nicht so idiotisch. Sag am besten überhaupt nichts, du Tarzan.»

Er fummelt weiter an ihrem Körper herum.

Unvermittelt schiebt sie ihn weg und lotst ihn mit einer verblüffenden Entschlossenheit in ihr Zimmer im Obergeschoß.

Senta hat ihre sogenannte Unschuld schon mit vierzehn verloren. Dafür war niemand verantwortlich zu machen, denn jener Realschüler namens Raimond, ein Typ wie ein frühreifer sechzehnjähriger Udo Jürgens, hat nur das genommen, was ihm angeboten worden ist. Nachher war sie rettungslos enttäuscht. Sie sprach mit ihrer Freundin Winnie Gerlach darüber. Mit ihrem Alten, mit dem Pa, war so was nicht zu diskutieren. Und die Mutter war schon drei Jahre nicht mehr ...

Horst Mladek kennt ihr Zimmer. Er ist schon zweimal hier gewesen. Er kennt die Poster, die die Wände zieren. Eine ganze Galerie mit Konterfeis von Elvis Presley, Newcomer John Travolta, Elton John und dazwischen ein großes Konzertplakat mit einer Grafik, die Herbert von Karajan in einer typischen Dirigierpose (geschlossene Augen, abgewinkelte Arme) zeigt.

Unter dem Fenster mit den Puppenfenstergardinen steht die mit bunten Kissen und Plüschtieren überladene Liege. Über dem Kopfende an der Wand ein Bücherbord mit einer beachtlichen Büchersammlung. An der Längswand ein Spiegeltischchen, ein kleiner Schrank mit einem Plattenstudio, Stereoanlage und Kassettenrecorder. Der Fußboden ist mit Lammfellen ausgelegt. Im Zimmer riecht es nach Flieder und frischer Wäsche.

Horst Mladek zieht seine Lederjacke aus. «Komm!» drängt er.

Sie gibt ihm einen Stoß vor die Brust. «Laß das, Tarzan!»

Nanu? Warum hat sie ihn denn in ihr Schlafzimmer ... Ach, Weiber!

«Kennste Rilke?» fragt sie plötzlich.

«Sag bloß, das is deine neue Eroberung.»

«Könnte man sagen ...» Sie hat auf einmal ein schmales Büchlein in der Hand und zitiert leicht atemlos:

«Reiten, reiten, reiten durch den Tag, durch die Nacht, durch den Tag / Reiten, reiten, reiten / Und der Mut ist so müde geworden und die Sehnsucht so groß / Es gibt keine Berge mehr, kaum einen Baum ...»

«Und?» Horst Mladek schneidet eine Grimasse. «Was soll'n der Quatsch!»

«Du Schwachkopf!» sagt sie verächtlich. «Das ist Dichtung.»

Er ist sauer. Das fehlt gerade noch, daß sie ausgerechnet jetzt wieder spinnt. Schön, sie ist Realschülerin und macht die Mittlere Reife. Aber muß sie ihm das immer wieder aufs Butterbrot schmieren? Und ausgerechnet jetzt, woer... «Komm, laß jetzt den Quatsch!» Er greift nach ihr.

«Finger weg!» Sie weicht aus und legt eine Platte auf. Gershwin. Rhapsody in Blue. «Bleib ja, wo du bist! Oder du kannst sofort verschwinden.»

Er fügt sich widerwillig. Ihr Körper ist unmittelbar vor ihm, und er darf nicht... «Du Biest, das is ja die reinste Tierquälerei!»

«Zeit, daß wir mal was für deine Bildung tun.» Sie hat vom Bücherbord einen Band hervorgekramt und blättert darin. «Schon mal was von Marc Aurel gehört?»

«Wer is 'n das schon wieder, Mensch!»

«Das ist ein römischer Kaiser, du Armleuchter. Der hat schon vor zweitausend Jahren kluge Sachen geschrieben, die heut noch ihre Gültigkeit haben.»

«Na schön. Kann ich was dafür?»

Sie zitiert aus den ‹Selbstbetrachtungen›, fast ein wenig scheu und ehrfurchtsvoll, was erneut ihr widersprüchliches Wesen deutlich macht: «‹Der Tod ist die Erholung von all den Widersprüchen unserer sinnlichen Wahrnehmung, von der Herrschaft unserer Triebe, von dem unablässigen Grübeln und von der Unterwerfung unter das Fleisch...›» Sie hält inne. Es ist, als wäre Horst Mladek gar nicht anwesend. «Ist das nicht super?» flüstert sie andächtig.

Er blickt ergeben zur Decke. Aber er hat eine Stinkwut im Bauch.

«Oder... Wie findest du das?» Sie schlägt eine andere Seite auf: «‹Der Tod ist von gleicher Art wie die Geburt, ein Geheimnis der Natur; bei der Geburt vereinigen sich die Grundstoffe, die beim Tod wieder in ihren früheren Zustand verfallen – ein Vorgang, mit dem keineswegs etwas verbunden ist, dessen man sich schämen müßte...›»

«Sorgen haben die Leute!» Er reckt sich. «Also, mir ist Jerry Cotton lieber als dein Mark... Mark Dingsbums.»

Sie streckt ihm die Zunge heraus. «Was kann man schon von einem Gartenzwerg mit Hirnprothese anderes verlangen?»

Es beginnt wieder eine kindische Balgerei. Dabei verliert er die Balance und stößt gegen das Schränkchen mit dem Plattenstudio. Es kracht. Der Tonabnehmer schlittert über die aufgelegte Langspielplatte, klappt nach oben und springt aus der Tonarmschiene.

«Idiot!» sagt sie. «So eine Scheiße.»

«Halb so schlimm.» Er zieht das T-Shirt aus, weil ihm heiß ist, und versucht, die Panne zu beheben.

Während er am Tonabnehmer herumbastelt, betrachtet sie seinen Oberkörper. Er ist schmächtig, aber dennoch muskulös.

Er fühlt plötzlich, wie ihre Hand über seinen Rücken streicht. Es ist ein weiches, kribbelndes Gefühl. Es irritiert ihn so, daß er sich die rechte Zeigefingerkuppe am Saphir aufreißt. Es blutet.

Sie gibt sich fürsorglich. «Warte, ich hol ein Leukoplast!»

«Quatsch.» Er leckt das Blut ab und zieht sie an sich.

«Tarzan...»

Er spürt ihre nackte Haut an seinem Oberkörper. Der Duft ihres frischen Körpers macht ihn halb verrückt.

Sie öffnet eine Packung mit Papiertaschentüchern, nimmt einige heraus und betupft damit seinen blutenden Finger. Dann verknüllt sie die Dinger und wirft sie achtlos zu Boden.

«Komm!» drängt er.

Sie ist jetzt anschmiegsam. Sie will es plötzlich auch. Hastig streift sie den Tanga ab.

Ihr Körper erscheint ihm wie ein heißer Traum. Seine Hand packt zu – hier, dort... Er verliert die letzten Hemmungen. Er drückt sie zu Boden, und aus der ursprünglich kindhaften Balgerei wird eine triebhafte Vereinigung.

«Tarzan», stöhnt sie. «Du Aas...»

Er fragt heiser: «Sag schon – warum wolltest du mich abschieben...?» Etwas Speichel tropft auf ihren Tanga.

«Idiot!» Sie zieht seinen Kopf an ihren Mund und beißt ihn in die Lippen. «Du Armleuchter – was verstehst du schon...»

Er ist unwahrscheinlich erregt. Es passiert zu rasch.

Sie merkt es. Sie verkrallt sich in seine Schultern, daß sich blutige Striemen auf seiner Haut bilden. «Du Scheusal», stöhnt sie. «Oh, du Scheusal...»

Er rollt sich zur Seite und bleibt erschöpft liegen.

Sie beugt sich über ihn. Die Haarflut fällt auf ihn herab.

«Großmaul!» sagt sie. «Versager...»

«Na, wenn schon.» Er grinst. «Hauptsache, du hast sie genommen.»

«Was genommen?»

«Die Pille.»

«Hältst du mich für 'ne Anfängerin?»

«Ich werd mich hüten.»

«Eben.»

Sie verschwindet kurz. Sie kommt mit zwei Gläsern und einer Colaflasche zurück. In den Gläsern sind Eiswürfel. Auch eine Schachtel Filterzigaretten hat sie mitgebracht.

Sie trinken und rauchen.

«Und was ist mit dem Plattenspieler?» fragt er.

«Unwichtig. Den laß ich nachher vom Bielmeier-Molli von nebenan richten. Ist ein ganz gemütlicher Typ. Hilfsbereit. Der kriegt das schnell wieder hin. Hat er schon mal gemacht.»

«Okay.» Horst Mladek klaubt seine verknüllt umherliegenden Textilien zusammen und zieht sich an. «Ich muß weiter ...»

«Schon?» Sie hockt nackt auf der Liege. Sie hat die Beine hochgezogen und stützt das Kinn auf das rechte Knie. Spöttisch verfolgt sie seine Bemühungen, sich wieder zu kultivieren. «Warum so eilig, Tarzan?»

«Um halb zwölf is wieder 'ne Auszahlung am Arbeitsamt fällig. Die Leute soll man nicht warten lassen.»

Sie schnippte die Asche von der Zigarette. «Arbeitslos ist doch der schönste Beruf.»

«Wem sagste das.» Er geht zur Tür. «Kommste morgen abend? Um achte in der ‹Arche Noah›. Scharli und Genossen, die Flaschen, die meinen tatsächlich, der Ofen is aus zwischen uns beiden.»

«Sollen sie doch.»

«Kommste, oder kommste nich?»

«Mal sehn – ruf mich an.»

«Tschau!»

«Tschau.»

Sie hört wenig später, wie draußen der Motor der Kawasaki aufbrüllt. Dann verliert sich das Geräusch. Senta Bäumler ist allein.

Es ist viertel vor elf.

Vorn bei Nummer 5 hätte Horst Mladek fast den Pudel der Kneemöller überfahren – das ist die ältliche Blondine mit dem lächerlichen Sommerkleid.

Der Köter ist aus dem Vorgarten unvermittelt auf die Fahrbahn gesprungen, weil die Tür nicht richtig eingerastet war.

Horst Mladek kann seine Maschine im letzten Augenblick nach rechts reißen. Es hätte ihn beinahe aus dem Sattel gehoben.

Die Kneemöller, die im Vorgarten mit einer Harke das Erdreich ihrer Rosenkulturen auflockert, hat sich vor Empörung das Kennzeichen des Zweiradfahrers gemerkt. Sie ist, es wiederholt laut vor sich her sagend, ins Haus gelaufen und hat es notiert.

Dann hat sie den Pudel liebevoll in den Arm genommen, endlose Monologe gesprochen, als könnte der Vierbeiner die Sprache Schillers und Goethes Wort für Wort verstehen, und schließlich beschlossen, ihren besten Zuhörer einer Schaumwäsche in der Badewanne zu unterziehen.

Somit ist die Kneemöller für die nächste halbe Stunde als Beobachterin des Geschehens am Kuckucksweg ausgefallen.

Die letzten Minuten davor

Bielmeier ist schon stark angeschlagen. Das viele Bier zeichnet ihn.
Je später es wird, um so dämlicher findet er den Tag. Er hat einige Zeit im Wohnzimmer vor sich hingedöst. Nebenan bei Bäumler hat es nichts mehr zu sehen gegeben, sosehr er sich auch bemühte.
Scheißleben.
Er muß schon wieder pinkeln.
Die Klosettspülung rauscht.
Er schlurft in die Küche, kramt aus dem Kühlschrank ein Stück Salami hervor, schneidet sich vier Scheiben ab und verschlingt sie ohne Brot. Sein Blick fällt auf ein abgegriffenes Notizbuch, das auf dem Küchenschrank liegt.
Die Buchführung seiner Alten. Pedantisch malt sie jeden Monat lange Zahlenkolonnen hinein. Da heißt es zum Beispiel unter dem Monat Juli:

Agnes: Bruttoeinkommen . . . DM 1610,30
Nettoeinkommen . . . DM 967,10
Konrad: Bruttoeinkommen . . . DM 1986.-
Nettoeinkommen . . . DM 1131,40

Gesamt-Netto . . . DM 2098,50
Abzüglich (folgt eine weitere Zahlenkolonne):
Haushaltsgeld, Kfz-Kosten, Strom, Wasser, Bekleidung, Taschengeld (Konrad), Taschengeld (Agnes), Schuldentilgung für das Haus
bleiben . . . . DM 220,50 Rücklage

Das alles ist in einer peniblen, verschnörkelten Handschrift notiert.
Bielmeier ödet das an.
Und wie sie sonst ständig knausert und wie sie ihn mit der Schuldentilgung für das Haus langweilt, wenn sie in Zusammenhang mit der Einkommensteuererklärung (betrifft Steuerklasse IV) von der 7b-Abschreibung quasselt und um jeden ausgegebenen Pfennig ein Palaver macht . . . Bielmeier gähnt. Seine Alte ist eine Frau zum Abgewöhnen – nicht nur, was die Bettbelange betrifft.

Er schiebt sich noch zwei Scheiben Salami zwischen die Zähne. Da springt draußen eine Maschine an. Er läuft ins Wohnzimmer hinüber. Durch den bodenlangen Store des Terrassenfensters sieht er, wie der Halbstarke, der Senta besucht hat, davonbraust.

Armleuchter, denkt er. Ob sie's miteinander getrieben haben? Er wirft sich auf die Couch.

Noch einmal dreißig müßte man sein, denkt er. Und ungebunden. Wäre das was... Draußen schlägt der Dreiklang an.

Bielmeier stemmt sich schwerfällig hoch. Ob das ein Klinkenputzer ist? Oder der Postbote?

Er zögert.

Weil wiederholt geläutet wird, erhebt er sich fluchend und linst durch das Terrassenfenster hinaus.

Es treibt ihm das Blut ins Gesicht.

Senta.

Er greift sich von der Kleiderablage in der Diele den beigefarbigen Morgenmantel, wirft ihn sich über und öffnet.

Senta strahlt ihn an. «'tschuldigung, Herr Bielmeier – hoffentlich hab ich Sie nicht geweckt...» Ihr Tanga ist eine Herausforderung.

«Unsinn, Mädchen», bringt er mühsam hervor.

«Es ist nur – mein dämlicher Plattenspieler... Da ist der Tonabnehmer abgebrochen, oder herausgesprungen, was weiß ich. Sie verstehen doch was davon?»

Bielmeier ist rot wie eine Melone. Schweißperlen glitzern auf seiner Stirn. «Wenn ich dir helfen kann, gern...» Er ist total durcheinander. Schusselig sucht er nach seinen Hausschuhen. Endlich findet er sie. Die rechte Ferse paßt nicht hinein. Er setzt den rechten Zeigefinger wie einen Schuhlöffel an...

Draußen auf dem Hausstein steht sie. Ein Geschöpf wie aus einem erotischen Film... Bielmeier schließt die Haustür hinter sich und folgt Senta durch den Garten zur Nachbarstür.

Er studiert ihren geschmeidigen Gang, den Rhythmus ihrer Gesäßpartien, das leichte Vibrieren ihrer Schenkel... Auf einmal ist es ihm, als beginne sich alles vor ihm zu drehen. Er bleibt kurz stehen. Wankt. Geht dann weiter. Tappt wie in ein rosafarbenes Nebeltor hinein.

Geile Visionen steigen vor ihm auf.

Nur einmal... Wenn er diesen Körper berühren könnte... Einmal die Kurven zwischen Hüfte und Gesäß nachziehen dürfen. Aber er ist und bleibt nur erotischer Zaungast.

Sie führt ihn in ihr Zimmer.

Ein Fensterflügel ist hinter den herabgelassenen Jalousetten geöffnet.

Der warme Luftzug streicht herein und bewegt leicht die Gardinen. Ein verwirrender Duft, den er nicht definieren kann, steigt ihm in die Nase.

Sie geht vor dem Plattenstudio in die Hocke. «Hier, da ist der Salat.»

Er kniet nieder und konzentriert sich auf den Apparat ... Er riecht ihren Körper. Er spürt, so meint er, die Wärme ihrer nackten Haut. Seine Finger zittern.

«Ich denke, das kriege ich hin, Mädchen», sagt er. Er wundert sich über seine Stimme. Sie klingt brüchig, greisenhaft.

Senta berührt flüchtig seinen Arm, merkt nicht, wie er zurückzuckt. «Warten Sie, ich hole uns was zu trinken ... Cola mit Eis – okay?»

Sie verschwindet für kurze Zeit.

Er blickt sich um. Er nimmt den Saum seines Morgenmantels und trocknet sich das Gesicht ab.

Ob sie es miteinander getrieben haben?

Es sieht danach aus. Auf dem Boden stehen zwei Colagläser. Eines ist umgekippt. Die Kissen und Plüschtiere auf der Liege sind chaotisch verstreut. Auch das Lammfell auf dem Boden ist an einer Seite umgestülpt und schlägt Falten ... Die Vorstellung, Senta sei hier geliebt worden, stimuliert ihn ungemein.

Sie taucht mit zwei gefüllten Gläsern auf. Eiswürfel klimpern in der Colabrühe.

Er kniet noch immer vor dem Plattenstudio.

Als sie neben ihm steht, befindet sich ihr Tangahöschen für ihn in Gesichtshöhe. Er erkennt deutlich, wie sich der Venushügel abzeichnet.

Er trinkt das Glas mit einem Zug leer.

Sie blickt zu ihm herab. Sie lächelt. Ist es eine Aufforderung, oder nur harmlose, naive Freundlichkeit? Warum schiebt sie ihr Becken so aufreizend nach vorn? Nur eine unbewußte Haltung, oder Berechnung ... Mein Gott, warum geht sie nicht zur Seite? Warum setzt sie sich nicht auf den Hocker beim Spiegeltischchen?

«Meinen Sie, es wird klappen?» Sie deutet auf den Plattenspieler.

Er nickt. Er fühlt sich wie gelähmt. Er bringt einfach nicht die Willenskraft auf, sich der ‹Arbeit› zuzuwenden.

Die Situation überfordert ihn. Duftet ihr Körper nicht nach Fliederspray? Warum steht sie so aufreizend vor ihm? Doch nur, weil sie will ... ist das nicht eindeutig?

Unsinn.

Sie ist noch ein Kind. Sie ist kein Lolitatyp ... Oder ist ihr Blick eine Verlockung? Sagt dieser Blick nicht, worauf wartest du noch? Warum wirft sie ihre Kupfermähne so verführerisch nach hinten? Will sie ihn zum Wahnsinn treiben?

Bielmeier braucht nur die Hände zu heben. Wie einfach wäre es, den Tanga ...

Er weiß nicht, daß er im Begriff ist, sein Leben zu zerstören. Er tastet nach ihr. Er preßt sein verschwitztes Gesicht gegen ihren nackten Bauch.

Sie begreift zunächst nicht. Dann weicht sie zurück, stolpert über eine Falte des verschobenen Lammfells und schlägt längelang hin.

Bielmeier weiß nicht mehr, was er tut. Sein Verstand ist ausgeschaltet; etwas, was normalerweise vom Großhirn gesteuert wird, ist kurzgeschlossen. Er wälzt sich auf sie.

Sie schreit. Nein – sie will schreien. Aber sie kann nicht. Eine Hand preßt ihr Mund und Nase zu. Die Hand ist wie eine Klammer, wie eine Eisenspange, die immer enger zugeschraubt wird. Sie ringt nach Luft, rudert hilflos mit den Armen. Doch die Eisenklammer ist gnadenlos. Sie kann nicht dagegen an. Ihre Beine schlagen reflexartig aus.

Bielmeier erkennt in seinem Zustand nicht, daß es ein Todeskampf ist. Er spürt nur diesen heißen Körper unter sich. Er kommt zu einem Orgasmus, ohne daß er sich vorher ausgezogen hat. Es geht alles ganz schnell.

Er erwacht wie aus einem Drogenrausch. Er sinkt schwer atmend zurück, starrt erschöpft zur Decke.

Stille.

Eine blauschillernde Fliege summt durch den Raum. Sie setzt sich auf eines der Colagläser. Dann zieht sie abermals ihre bizarren Kreise und landet auf dem schräg nach oben ragenden Tonarm des Plattenspielers.

Die Stille reißt Bielmeier aus seiner Betäubung. Er rafft sich ächzend auf. Katzenjammer überfällt ihn. Er hat eine panische Scheu, Senta in die Augen sehen zu müssen. Aber diese Augen sehen ihn nicht mehr.

Bielmeier ist mit einer Toten allein.

Die ersten Minuten danach

Bielmeiers erste Reaktion: Weg hier. Verschwinden. Fort aus dem Zimmer, fort aus diesem Haus – einfach wegtauchen! Alles liegenlassen, wie es liegt. Die letzte Stunde darf es nicht gegeben haben.

Die letzte Stunde von Senta Bäumler ...

Die Ernüchterung ist für ihn vernichtend. Dann überkommt ihn die

Angst. Sie steigert sich. Panische Angst, wahnsinnige Angst, als Täter erkannt, gejagt, überführt zu werden.

Und die Angst, gepaart mit dem Selbsterhaltungstrieb, läßt ihn so weit zu Verstand kommen, daß ihm klar wird: Eine überstürzte Flucht kann nur alles beschleunigen. Der Verstand diktiert ihm, sich dem Impuls, kopflos wegzurennen, zu widersetzen und Spuren, die ihn eventuell belasten könnten, zu beseitigen. Wenn ihm das nicht gelingt, kann er gleich den Strick nehmen.

Er beugt sich über das kleine Plattenstudio. Hier kann er sich erinnern, noch nichts berührt zu haben. Vorsichtshalber wischt er den Tonarm mit dem Saum seines Morgenmantels ab. Die beiden Colagläser, die Senta zuletzt gebracht hat, steckt er ein. Er wird sie irgendwo in eine Mülltonne werfen. Die anderen beiden läßt er liegen.

Fünf Minuten später glaubt er sicher zu sein, alle Spuren, die ihn belasten könnten, vernichtet zu haben. Er bleibt auf der Schwelle noch einmal stehen. Er überblickt den Raum prüfend: Alles in Ordnung ... Bis auf die Tote. Aber die kann er nicht ansehen.

Er steigt ins Erdgeschoß hinab. Plötzlich überfällt ihn akuter Brechreiz. Es kostet ihn große Beherrschung, die Diele nicht vollzukotzen.

Er faßt den Türöffner mit dem Mantelsaum an und öffnet die Hauspforte einen Spalt breit.

Es ist ein entscheidender Augenblick. Niemand darf merken, daß er aus Bäumlers Haus kommt. «Lieber Gott, mach, daß mich keiner sieht ...» Er merkt, daß er es laut gesagt hat, und er ist wieder so weit bei Verstand, daß er begreift, wie irrwitzig sein Gebet ist.

Draußen am Kuckucksweg ist keine Menschenseele zu sehen. Er wartet noch einige Zeit. Dann tritt er hinaus und drückt die Tür, den Türknopf wieder nur mit dem Mantelsaum erfassend, ins Schloß.

Die Sonne steht im Zenit. Der heiße Tag springt ihn an.

Es gelingt.

Er ist zu Hause. Niemand hat ihn gesehen. Er ist felsenfest davon überzeugt. Er schlägt die Tür von innen zu und lehnt sich einige Augenblicke total erschöpft dagegen.

Dann stürzt er ins WC und kotzt sich aus.

Die Wasserspülung rauscht.

Er hat sich vollgespuckt. Der bittere Geschmack des Magensafts löst erneut einen Brechreiz aus. Erneut bricht ein Schwall aus ihm hervor.

Allmählich klingt der Brechreiz ab. Er spült sich den Mund mit Wasser aus und kleidet sich an.

Sein Hirn arbeitet. Die Selbsterhaltungsautomatik wird ausgelöst. Der Computer läuft.

Er weiß plötzlich, daß er nicht einfach in seinem Bau hocken bleiben kann, bis die Tote nebenan entdeckt wird.

Ein Plan braut sich in seinem Kopf zusammen. Er muß es so hinkriegen, daß er an diesem Vormittag gar nicht zu Hause gewesen ist. Er braucht ein Alibi. Er muß sich irgendwie ein Alibi zurechtbasteln ... Er hat eine Idee.

Ja, so muß es gehen: Er ist einfach ab zehn, spätestens halb elf im Frankenbad am Marienberg gewesen. Er wird Agnes anrufen und wird ihr in diesem Sinne Bescheid sagen. Er wird ihr mitteilen, bereits nach zehn das Haus verlassen zu haben, um bei der Affenhitze den Tag bis zum Spätdienst im Bad zu verbringen.

Er wechselt die Badehose, schlüpft in eine luftige Leinenhose und zieht sich ein buntes Floridahemd über. Er holt die Badetasche aus dem Abstellraum, packt ein Handtuch und sonstige Kleinigkeiten hinein – sogar sein Wildwestheftchen vergißt er nicht – und verstaut außerdem die beiden Colagläser.

Er ruft Agnes an.

Er wählt eine sechsstellige Nummer. Es ist eine Durchwahl. Die Leitung ist blockiert. Er wartet. Er riecht seinen Achselschweiß. Es widert ihn selbst an.

Er konzentriert sich auf den Anruf. Seine Stimme muß unbefangen klingen. Keine Abweichung von dem üblichen Tonfall darf ihn verraten. Es hängt viel davon ab.

Genaugenommen ist es eine Generalprobe für alles, was in den nächsten Tagen auf ihn zukommen wird.

Ihm graut davor, wenn er sich ausmalt, was ihm an Selbstbeherrschung, Verstellungskunst, geheuchelter Anteilnahme und Biedermannsgehabe abverlangt werden wird, will er sich nicht gleich aufgeben und alles gestehen.

Denn der Gedanke, durch die Mühlen der Ermittlungsbehörden und der Justiz gedreht zu werden und möglicherweise für den Rest seines Lebens hinter Gittern zu verschwinden, ist ihm unfaßbar.

Er muß sich eisern beherrschen. Das ist seine einzige Lebensversicherung. Sie werden ihm nach Lage der Dinge nichts anhängen können.

Es wird wie ein Seiltanz werden. Jeder Schritt muß mit äußerster Konzentration und Selbstdisziplin vorbedacht und ausgeführt werden. Denn es gibt kein Netz, keine Sicherheitsgarantie. Ein einziger Fehltritt, der Hauch eines Irrtums bedeutet den Absturz.

Agnes meldet sich.

«Ach – du?» Ihre Stimme klingt quengelig. «Was ist denn? – Mach schnell, du weißt doch, bei uns sind Privatgespräche nicht erwünscht.»

Er zwingt sich zu einem schnoddrigen Tonfall. «Ihr werdet nicht gleich Pleite machen ...» Er zögert, nimmt einen neuen Anlauf: «Hör zu, Lotti – dreimal darfste raten, wo ich schon seit zehn bin: Im Frankenbad. Hab's bei der Affenhitze daheim nich mehr ausgehalten.»

«Und deshalb rufst du an?»

«Na hör mal, Schatz – schließlich sollste wissen, wo ich mich rumtreibe!»

«Für so einen Blödsinn wirfst du das Geld raus? Na, dann trainiere dir bißchen was von deinem Bierbauch ab!»

Gott, ist die witzig ... Ihm wird schon wieder übel. Warum muß sie auch von Bier reden? «Also, du weißt Bescheid», bringt er mühsam heraus. «Bis später.» Er legt auf.

Er lehnt sich an die Wand und schließt einige Sekunden die Augen. Drüben liegt eine Tote, und er muß hier Banalitäten zum besten geben.

Mit voller Wucht stürmt auf ihn die Realität ein. Senta wird nie wieder lachen. Sie wird nie wieder ihr Haar mit jener unnachahmlichen Geste aus dem Gesicht streichen. Sie wird nie wieder mit ihrem aufreizend wiegenden Gang durch den Garten ...

Bielmeier kämpft gegen einen Weinkrampf an. NIE WIEDER. Zwei Worte. Ein Urteilsspruch. Nie wieder, das ist Ewigkeit ... Er will wieder beten. Er kann nicht beten.

Dann fängt er sich wieder halbwegs. Ein neuer Gedanke: Er wird seine Aussage, wenn sie ihn vernehmen sollten, in Hinblick auf den Halbstarken ausschmücken, der Senta vorhin besucht hat.

Es ist acht nach elf. Es ist Zeit, zu verschwinden.

Er kalkuliert so: Voraussichtlich wird die Tote erst entdeckt, wenn ihr Vater gegen drei vom Frühdienst nach Hause kommt. Zu diesem Zeitpunkt befindet er, Bielmeier, sich schon seit Stunden im Freibad. Demnach bleibt ihm genügend Zeit, um sich dort ein Alibi zu verschaffen, das einigermaßen hieb- und stichfest ist, um beweisen zu können, daß er bereits kurz nach zehn, nachdem der Halbstarke bei Senta eingetroffen war, schon im Frankenbad war, was ja auch Agnes indirekt bestätigen könnte ... Er weiß zwar noch nicht genau, wie er das hinkriegen will. Er wird schon auf den richtigen Dreh kommen.

Er nimmt den Wagenschlüssel aus dem Garderobenfach und will sich aus dem Haus stehlen.

Da hört er Kinderstimmen.

Er läuft ins Wohnzimmer. Von hier aus kann er durch das Terrassenfenster einen Teil der Sackgasse des Kuckucksweges einsehen.

Vier Jungen tauchen auf. Gassenjungen, die offenbar von der Kalchreuther Straße herüber kommen.

Sie kicken mit einem Fußball herum. Sie ziehen lachend und lärmend vorbei. Zwei laufen voran und kicken den Ball immer wieder zurück. Die anderen beiden spielen den Fangriegel und schlagen ihn wieder nach vorn. Und jetzt haben sie offenbar beschlossen, ausgerechnet hier vor dem Anwesen 13/15 ein Straßenmatch zu veranstalten.

Bielmeier überlegt. Kann er es riskieren, den Wagen aus der Garage zu holen und abzufahren? Die Zeit drängt. Es ist schon nach elf; je länger er zögert, um so schwieriger wird es, sich ein einigermaßen glaubwürdiges Alibi zu verschaffen. Andererseits ...

Nein. Abwarten. Niemand darf ihn zu dieser Tageszeit hier sehen, auch nicht diese Buben. Auch sie sind ein Risikofaktor – zwar ein geringer, aber nach Lage der Dinge ... Er schwitzt.

Seine Handflächen sind naß. Das Warten nervt.

Einer der Jungen flankt jetzt den Ball nach vorn, hat ihn aber nicht richtig auf den Fuß bekommen; der Ball segelt schräg nach rechts über die niedrige Einfriedung, landet im Garten bei Bäumler, rollt über den Rasen und bleibt neben zwei Rhododendronbüschen liegen.

Die Jungen drücken sich am Zaun herum und blicken in den Vorgarten. Ein forscher Rotschopf schickt sich an, über den graublau lackierten Maschendrahtzaun zu klettern, doch ein anderer, der ein T-Shirt mit Beckenbauers Konterfei trägt, deutet auf die Gartentür. Dann läutet er bei Bäumler.

Bielmeier flucht. Jetzt holt schon euren Scheißball und macht, daß ihr weiterkommt! Ich kann doch nicht ewig hier ...

Der Junge läutet Sturm.

Bielmeier tritt von einem Bein aufs andere wie einer, der vor der verriegelten Toilettentür steht. Er denkt in diesem Augenblick nicht an das tote Mädchen nebenan; er weiß nur, daß er weg muß und daß ihn keiner sehen darf – warum, hat er verdrängt.

Na endlich! Der Rotschopf turnt über den Zaun, läuft auf den Rasen, holt den Ball, wirft ihn auf die Straße zurück und blickt sich neugierig um.

Bielmeier kann ihn dann von seiner Position nicht mehr sehen. Es dauert eine halbe Ewigkeit, so empfindet er es jedenfalls, bis der Junge wieder in seinem Blickfeld auftaucht. Er springt über den Zaun auf die Straße zurück, und im Nu ist die Bande verschwunden.

Diese Minuten haben Bielmeier deutlich gemacht, was ihm an Pannen und Überraschungen in den kommenden Tagen alles widerfahren kann.

Der Kuckucksweg ist frei. Jetzt handelt er. Es ist die letzte Chance, sich ein Alibi zu sichern.

Er schnappt sich die Badetasche, verläßt das Haus, schließt die Tür und läuft zur Garage, die neben dem Wohntrakt an der südlichen Seite angebaut ist. Er öffnet das braungebeizte Klapptor, fährt den orangefarbenen Opel Kadett (Baujahr 1978) heraus, steigt aus, will das Klapptor wieder schließen. Aber es klemmt.

Er stöhnt vor Wut.

Schließlich bemerkt er, daß sich der Besen, der neben der Einfahrt an der Garagenwand gelehnt war, mit dem Stiel irgendwie in die Gelenkverstrebung des Klapptores verhakt hat. Mit einem Ruck zerrt er den Besen heraus und feuert ihn in die Ecke.

Jetzt läßt sich das Garagentor schließen.

Nun kommt das Heikelste: Die Fahrt durch den Kuckucksweg hinüber zum Märzenweg. Es ist eine Strecke von etwa 200 Metern. Er muß an den Doppelreihenhäusern Nummer 11/9, 7/5 und 3/1 vorbei.

Die Brendls von Nummer elf machen Urlaub auf Korfu, das weiß er von Agnes. Sie muß es wissen. Sie tratscht bei jeder Gelegenheit mit den Leuten. Er ist Bezirksinspektor bei einer Lebensversicherung, und sie macht gern auf mondän. Sie haben zwei Buben, Zwillinge, elf Jahre alt.

In Nummer neun haust ein älteres Ehepaar. Er, um die Sechzig, Finanzbeamter, liegt seit acht Wochen im Krankenhaus. Nierenbeckenentzündung mit Komplikationen. Die Frau besucht ihn täglich, ist kaum daheim. Die Tochter ist verheiratet und wohnt in Emskirchen.

Die Leute von Nummer 7 kennt er kaum. Man sieht sie fast nie. Es ist angeblich die Witwe eines Amtsgerichtsdirektors, die von ihrer Tochter, einer ledigen Hauswirtschaftslehrerin, versorgt wird. Beide sollen zur Zeit in Bad Orb sein.

Problematisch wird es bei Nummer 5. Die Kneemöller kümmert sich gern um anderer Leute Angelegenheit. Ihr Mann ist Reisender in der Waschmaschinenbranche und kommt im Monat nur zweimal nach Hause. Deshalb hat sie viel Zeit.

Bielmeier fährt im zweiten Gang vorbei. Er kann nur beten, daß sie nicht auf der Hausterrasse sitzt und die Straße beobachtet.

Er schwitzt wieder.

Er starrt atemlos zu den Kneemöllers herüber. Auf der Terrasse ist kein Mensch, im Garten, so weit er es sehen kann, ebenfalls nicht... Er kann nicht wissen, daß die Kneemöller ihrem Pudel eben eine Schaumwäsche verpaßt, um nachher sein Lockenfell mit einem Fön zu trocknen.

Bielmeier gibt Gas und legt den dritten Gang ein. Geschafft? Er glaubt es jedenfalls. Irgendwie hat er doch ein bißchen Schwein.

Bei Nummer 3/1 gibt es keine Probleme. Die Leute kennt er nicht und sie ihn auch kaum. Außerdem liegt das Grundstück ebenfalls völlig verlassen. Er biegt in den Märzenweg ein und fährt zur Kalchreuther Straße empor.

Es ist 11.15 Uhr.

Er kommt durch Ziegelstein und muß an der Kreuzung Marienbergstraße anhalten. Rotlicht. Er fetzt den Spielzeugschlumpf, der als eine Art Maskottchen an dem Innenrückspiegel befestigt war, herab. Das Ding hat ihn nervös gemacht. Er wirft es in das Handschuhfach.

Er trommelt mit den Fingern auf den Lenkradkranz. Ihm fällt ein, ob es nicht narrensicherer gewesen wäre, wenn er das Aki im Hauptbahnhof besucht hätte. Auf dem Kinoticket wäre gewiß vermerkt gewesen, daß er eine Vormittagsvorstellung besucht hat. Aber er verwirft diesen Gedanken wieder. So eine Eintrittskarte kann sich jeder beschaffen, ins Kino rein- und wieder rausgehen. Kein Beweiswert. Und wer geht bei der Hitze schon ins Kino?

Grün.

Er biegt nach rechts in die Marienbergstraße ein. Aus Richtung Flughafen kommen ihm lange Fahrzeugkolonnen entgegen. Er schaltet das Autoradio ein. Ein Sprecher kündigt gerade eine Melodienfolge aus dem ‹Schwarzwaldmädel› an.

Bielmeier ertappt sich wiederholt dabei, wie er in den Rückspiegel blickt. Das ist idiotisch. Denn nach Lage der Dinge ist es unmöglich, daß er verfolgt wird. Aber das Gefühl wird er einfach nicht los.

Jetzt sieht er das Bild wieder vor sich. Senta, leblos, mit leicht verkrümmten Gliedern. Ihr Zimmer. Lammfell. Plattenspieler. Jalousetten, halbes Licht... Sosehr er sich dazu zwingt, diese Szenerie aus seinen Gedanken zu verdrängen – es gelingt ihm nicht.

Er erreicht die unbefestigte Zufahrt zum Frankenbad. Verdammte Scheiße! Kein Parkplatz. Überall stehen Blechkisten mit Rädern herum. Halb Nürnberg ist anscheinend heute hier angerückt.

Er kurvt fluchend umher. Fehlte gerade noch, daß ihm ein Bekannter über den Weg läuft. Damit wäre sein Bemühen um ein Alibi so gut wie gestorben.

Es ist zwanzig nach elf, als er endlich eine Parklücke findet.

Das Frankenbad am Marienberg liegt in einem typischen Vorstadtgelände eingebettet. An der Südseite sind Industriebetriebe angesiedelt. Nach Norden hin Wiesen und Äcker, dann die Piste des Flughafens und im Hintergrund Wald. Urlauber-Jets starten und landen fast stündlich. Der Düsenlärm ist lästig.

An diesem Tag ist im Bad Hochbetrieb. Die Liegewiesen sind ein Fleckerlteppich – optisch und akustisch. Ausgebreitete Badetücher, mehr oder weniger gebräunte Sonnenanbeter, Stimmengewirr und das Gekreische spielender Kinder. In den zwei großen Schwimm- und Planschbecken wimmelt es.

Bielmeier hat sich hinter einer großen Sonnenbrille versteckt, als er sich unter die Leute an der Kasse mischt. Der Andrang paßt ihm ins Konzept. Hier kümmert sich keiner um den anderen.

Er verzichtet auf eine Umkleidekabine. Er hat an der nordöstlichen Seite der Liegewiese einen Platz im Schatten einer alten Linde gefunden. Zuvor hat er die zwei Colagläser in der Mülltonne unweit des Eingangs verschwinden lassen.

Er klettert aus seiner Hose, faltet sie zusammen, legt sie auf den Boden, streift sich das Floridahemd ab, breitet das Badetuch aus und geht in Deckung.

Seine haarlose Brust mit den wabbligen Warzenpartien ist nur leicht gebräunt. Er hat nie die Geduld aufbringen können, sich stundenlang in der Sonne rösten zu lassen.

Hinter ihm liegt eine fette Walküre auf dem Bauch. Sie liegt mit dem Gesicht auf den verschränkten Armen und schnarcht dezent. Das Fleisch quillt ihr aus dem einteiligen Badeanzug. Neben ihr liegt ein geöffnetes Buch, ein leerer Limonadenbecher und eine angebrochene Packung mit Keksen.

Rechts neben ihm, wo der Schatten mit der wandernden Mittagssonne dahinschmilzt, liegt ein Pärchen. Sie etwa achtzehn, er Anfang Zwanzig. Sie beachten ihn nicht. Sie haben Wichtigeres zu tun. In früheren Jahren hätte man sie vielleicht wegen Erregung öffentlichen Ärgernisses aus dem Bad verwiesen. Sie knabbern ungestört aneinander herum.

Bielmeiers Blick schweift umher. Nirgendwo ein bekanntes Gesicht. Es ist Zeit, zu handeln.

Er nimmt die Armbanduhr ab, eine billige Ausführung mit Lederband und Schnalle, und verstaut sie unter der Badedecke.

Niemand hat es beobachtet.

Dann tut er so, als wollte er rüber zum Kiosk gehen, um sich eine Erfrischung zu holen. Vorsichtshalber nimmt er seine Ausweispapiere und die Geldbörse an sich und fragt sich zum Bademeister durch. Beim Schwimmvereinsheim unweit vom Eingang findet er ihn.

«Was fällt an?» fragt der kleine, drahtige Typ mit dem hellblonden Bürstenhaarschnitt, der im Kontrast zu seinem von viel Luft und Sonne gebräunten Körper steht.

Bielmeier überspielt seine Nervosität. «Nur 'ne Frage, Herr ...»

«Angermann.»

«Herr Angermann, nur 'ne Frage ... Bielmeier, mein Name.»

«Na und?»

«Ich bin seit etwa zehn hier im Bad ... Kleines Mißgeschick, verstehnse. Meine Armbanduhr – weg isse. Hab sie verloren. Die Schnalle des Armbands muß sich gelöst haben ... Is nich mehr viel wert, das Ding, aber kann ja sein, daß sie jemand gefunden und bei Ihnen abgegeben hat ...»

«'ne Armbanduhr?» Der Bademeister massiert sich mit der Rechten seinen Nacken und blickt mit verkniffenen Augen in die Gegend. «Nicht, daß ich wüßte. Aber wir können ja vorsichtshalber mal nachschauen.» Er marschiert zu der Baracke, in der sich sein Dienstraum befindet.

Bielmeier folgt.

Auf dem Tisch liegen irgendwelche Notizbücher herum. Außerdem eine Kladde und eine Art Tagesjournal. Der Bademeister zieht die Schublade auf. Darin liegen allerlei Fundgegenstände: Schlüsselbünde, eine Halskette mit Anhänger, zwei Kugelschreiber und eine Brieftasche ohne Inhalt. Eine Armbanduhr ist nicht dabei.

«Tut mir leid», sagt der Bademeister.

Bielmeier bittet um einen Notizzettel und einen Kugelschreiber.

Der Bademeister blickt etwas irritiert, schiebt ihm aber die verlangten Gegenstände zu. Bielmeier notiert seinen Namen, seine Anschrift und ergänzt: *Armbanduhr mit Lederband kurz nach zehn im Freibadgelände verloren.*

«Wenn jemand das Ding doch noch findet, könnten se mich dann verständigen?» fragt er und reicht dem Bademeister den Zettel.

«Klar. Mach ich.»

«Und schönen Dank auch!»

«Nix zu danken, Herr Bielmeier.»

Um 11.40 Uhr ist Bielmeier wieder an seinem Lagerplatz unter der Linde. Er ist zufrieden. Es läuft alles bestens. Er hat es sich schwieriger vorgestellt.

Die Walküre schnarcht immer noch. Und das junge Pärchen liegt ebenfalls noch auf der Badedecke und studiert weitere Möglichkeiten, sich gegenseitig zu befummeln.

Bielmeier fühlt sich abgeschlafft. Eine unendliche Müdigkeit kommt über ihn. Er legt sich auf den Rücken, schließt die Augen und dämmert vor sich hin.

Er bemitleidet sich selbst. Sein Leben ist eigentlich schon von jeher beschissen gewesen, denkt er.

Die frühen Kindheitserinnerungen sind vom trostlosen Hinterhofmilieu im Berliner Wedding und von Bombennächten geprägt. Als er zehn war, gegen Kriegsende, wurden seine Mutter, seine beiden jüngeren Schwestern und er in ein Barackenlager bei Nürnberg evakuiert. Sein Vater war in Rußland vermißt. Der Wunsch, Elektriker zu werden, blieb ein Traum. Ende der vierziger Jahre – sie hatten gerade eine Notwohnung in Gostenhof gekriegt – mußte er mit fünfzehn auf den Bau, damit Geld hereinkam. Er schleppte Backsteine und Mörtel. Damals gab's noch die Mörtelbutten. Sie drücken wie eine Tonnenlast auf dem Rücken. Er verdiente kurz nach der Währungsreform DM 1,20 Stundenlohn.

Der Vater blieb vermißt.

Er ernährte damals praktisch die ganze Familie. Seine Schwestern waren erst zehn und elf und Mutter arbeitete halbtags in der ehemaligen SS-Kaserne bei den Amerikanern als Küchenspülerin. Was sie dort verdiente, war kaum der Rede wert. Dafür brachte sie täglich ganze Einmachgläser voll Fett und Fleisch mit nach Hause. Alles Zeug, was die Amerikaner übrig ließen und was eigentlich in die Abfalltonnen geworfen werden sollte ...

Inzwischen siecht seine Mutter in einem Altenpflegeheim dahin. Seine Schwestern haben GI's geheiratet. Die eine lebt in Virginia, die andere in Kalifornien.

Bielmeier wälzt sich auf die Seite. Er sieht, wie sich das junge Pärchen erhebt und in Richtung Schwimmbecken davongeht. Der Bursche ist hager und knochig, sie vollschlank. Im Gehen legt er ihr die Hand aufs Gesäß. Bielmeier kann selbst in seinem Zustand ein gewisses Neidgefühl nicht unterdrücken.

Er steigert sich weiter in eine Selbstmitleidsphase hinein. Wann hat mir schon mal eine richtig gehört, eine die ich wirklich mochte ... grübelt er.

Mit zwölf hat ihm ein Nachbarsbub, ein fünfzehnjähriger Schlosserlehrling, den sie nur das Nashorn nannten, das Onanieren beigebracht. Das war auf dem Wäscheboden einer Wohnkaserne in Gostenhof. Es roch da oben nach Stärke, Seife und morschem Gebälk. Es war eine eigenartige Geruchsmischung, die er jetzt noch in der Nase hat, wenn er daran denkt.

Zwischen den leichentuchartigen Bettleinen, die zum Trocknen aufgehängt waren, hat man einige Male auch Doktor gespielt. Die Justine, eine elfjährige Transuse, deren Vater schon 41 bei Kiew gefallen war, mußte sich hinlegen und das Nashorn pinselte mit einem Pinsel aus seinem Schulfarbkasten an ihrem kindlichen Geschlecht herum.

Bielmeier hat ab sechzehn seine Geliebten gewechselt wie seine

Hemden. Die Filmschauspielerinnen der fünfziger Jahre wie Gina Lollobrigida, Marilyn Monroe, Jane Russell und wie sie alle hießen – alle ‹gehörten› sie ihm. Er sammelte damals Pin-up-Fotos aus Illustrierten und Filmmagazinen, für heutige Begriffe harmlose Bildchen, und legte sie stets griffbereit in sein Nachttischkästchen.

In der Realität sah es anders aus. Da blieb er der Zaungast der Erotik, der verklemmte Sittenkaspar, der bei Mädchen meist abblitzte.

Er hatte immer und ewig das zweifelhafte Glück, nur bei Miezen anzukommen, die grundhäßlich waren. Bei denen konnte er landen. Für die anderen, die ihm gefielen und die ihn verrückt machen konnten, war er Luft.

Dann lernte er mit 34 beim Wanderverein ‹Edelweiß› seine jetzige Alte kennen. Agnes war zwar auch nicht das, was ihm vorschwebte, doch sie war auch nicht grundhäßlich. Und außerdem brachte sie etwas Geld und Sicherheit mit. Freilich, es waren keine Reichtümer, doch es ließ sich damit etwas anfangen.

Trotzdem bleibt er ein armes Schwein, ein unbefriedigter Sexneurotiker, der ständig auf der Suche nach neuen Schürzen ist. Seine jüngste Affäre heißt Luise Hölzl, eine scharfe Mittvierzigerin. Gelegentlich treibt er es mit ihr in ihrer Wohnung. Allerdings ist sie zur Zeit für acht Wochen in den USA. Sie besucht ihre Tochter, die dort mit einem US-Major verheiratet ist ...

Bielmeier versackt rettungslos im Selbstmitleid. Tränen steigen ihm in die Augen. Warum hat ihm das mit Senta passieren müssen? Warum ausgerechnet ihm, der hübsche Frauen vergöttert, der sich nach ihnen verzehrt und nach Sinnlichkeit hungert wie ein Heroinsüchtiger nach neuen Drogen?

Warum ist er mit der Strafe geschlagen worden, ein Mädchen, das er zwar heiß begehrte, aber doch nur in Gedanken, weil er wußte, daß man nicht nach verbotenen Früchten greifen darf – warum ist ausgerechnet er dazu bestimmt worden, dieses Mädchen zu töten?

Tränen perlen unter seiner Sonnenbrille hervor und rinnen zu den Mundwinkeln hinab ...

Schließlich rafft er sich auf. Er muß sich abkühlen. Er muß unter die Dusche. Er hat schon fast das Schwimmbecken erreicht, als er seinen Namen hört.

«Na, Bielmeier-Molli – biste auch im Revier?»

Es ist Sägmeister, ein Kollege vom Werkschutz. Der etwas x-beinige Mann mit dem kleinen Bauchansatz und dem geröteten Biergesicht trägt eine aufgeblasene Gummiente unter dem Arm. «Schon lange hier?»

Bielmeier schaltet sofort. «So seit zehn ... Und du?»

«Eben erst eingetrudelt – meine Alte is noch in der Umkleidekabine. Mit den beiden Kleinen.»

«Aha.»

«Haste heut Spätschicht?»

«Genau. Bei der Hundshitze biste hier am besten aufgehoben ...»

«Na denn – dann mach's gut.»

«Mach's gut.»

Blabla, denkt Bielmeier. Endlich ist er ihn los. Trotzdem ist er froh, daß er Sägmeister getroffen hat. Noch einer mehr, der sein Alibi untermauern kann, wenn es nötig sein sollte ... Bielmeier stellt sich unter die Dusche.

Der kalte Wasserguß löscht für kurze Zeit den depressiven Gedankenwust aus.

Vier Stunden danach

Es ist kurz vor drei, als Bäumler vom Frühdienst nach Hause kommt.

Er hat unterwegs noch Besorgungen gemacht, drüben in Ziegelstein, im Supermarkt. Hat er auch nichts vergessen? Brot, Milch, Butter, Obst, einige kochfertige Gerichte zum Aufwärmen – er hakt im Geiste alle Posten ab.

An die dusslige Einkauferei kann er sich verdammt noch einmal nicht gewöhnen. Ja, früher, als Martha noch lebte ... Meine Güte, ist das schon wieder fünf Jahre her?

Er schaltet in den zweiten Gang herunter und läßt den beigefarbenen Audi 100, der immerhin schon 80000 drauf hat, vor seinem Anwesen ausrollen. Er klettert aus dem Fahrzeug, öffnet den Kofferraum und holt zwei prallgefüllte Plastiktaschen heraus.

Wo sich die Senta wieder rumtreiben mag ... Er hat so seine Plage mit ihr. Sie ist in den letzten Jahren ziemlich unbeaufsichtigt herangewachsen. Das merkt man.

Bäumler schleppt die Taschen zur Gartentür und läutet.

Er ist groß, hager, hohlwangig. Die angegrauten Haare trägt er glatt nach hinten gekämmt. Er ist 46. Den Tod seiner Frau hat er noch immer nicht ganz verkraftet. Ihr Sterben auf Raten in der unpersönlichen Atmosphäre des Krankenhauses kann er nicht vergessen. Es hat auch in ihm etwas getötet.

Krebs.

Eigentlich hat er damals, als er plötzlich mit Senta allein dagestanden war, seine Baupläne aufgeben wollen. Aber dann, einige Jahre später, hat er sich doch noch anders entschieden. Und jetzt wohnt er hier, abseits vom Verkehrslärm und Großstadttrubel. Es ist schön hier. Nur... Martha hätte es noch erleben müssen.

«Verdammt!» Er läutet abermals.

Dann setzt er die Plastiktaschen ab und kramt den Hausschlüssel aus der Hosentasche hervor. Senta ist natürlich nicht daheim. Was kann er anderes erwarten?

Drüben auf dem Rasen liegt der Gartenschlauch wie eine Ringelnatter, die sich in der Sonne wärmt.

Bäumler fällt auf, daß Sentas Zimmerfenster im Obergeschoß offenbar halb geöffnet ist. Er kann trotz der herabgelassenen Jalousette sehen, wie der eine Flügel in der Zugluft des heißen Sommerwindes hin- und herschwingt.

Typisch Senta, denkt Bäumler. Schlampig und gedankenlos. Sie könnte wenigstens alles schließen, wenn sie fortgeht.

Er blickt zum Nachbarn hinüber. Bielmeier scheint ebenfalls ausgeflogen zu sein. Richtig, er hat ja diese Woche Spätschicht.

Die Stille irritiert Bäumler.

Er sperrt die Gartentür auf und schleppt die Taschen zur Haustür. Ganz schön schwer, das Zeug. Für rund dreißig Mark hat er eingekauft. Das reicht etwa für vier bis fünf Tage. Wenn er Frühdienst hat, ißt er mittags in der Betriebskantine, und Senta richtet sich zu Hause ein kochfertiges Essen. Wenn er zu Hause ist, kocht er. Gewiß, er ist kein Kochgenie, doch was er zusammenbrutzelt, läßt sich essen. Senta jedenfalls hat für den Haushalt nichts übrig. Dafür ist sie sich zu gut. Na ja ...

Er sperrt die Haustür auf und bringt die Lebensmittel in die Küche. Dann geht er ins Bad, entkleidet sich und geht unter die Dusche. Er spült sich den Schweiß des Tages vom Körper. Darauf hat er sich schon gefreut.

Im Betrieb ist er beliebt. Als leitender Angestellter kehrt er nie sonderlich den Vorgesetzten heraus. Er versucht mit seinen Leuten gut auszukommen und versteht es, seine Autorität zu tarnen.

Er braucht frische Unterwäsche und ein sauberes Hemd. Er wirft sich den Bademantel über und steigt ins Obergeschoß empor. Die Wäschetruhe steht im Schlafzimmer. Er kommt an Sentas Zimmer vorbei. Die Tür ist nur angelehnt.

Bäumler will schon weitergehen, als ihm ein sonderbares Geräusch auffällt. Es kommt aus Sentas Zimmer. Es hört sich an, als schlage ein kleiner metallischer Gegenstand rhythmisch gegen ein Glas.

Bäumler stößt die Tür auf.

Sentas Halsband, eine Altgoldkette mit einer Hans-Sachs-Ziermünze, hängt am Messingarm der kleinen Tischlampe, die auf dem Spiegeltischchen steht, und pendelt in der Zugluft. Die Münze schlägt gegen die Glasfläche des ovalen Spiegels.

Aber das erkennt Bäumler gar nicht – kann es gar nicht mehr wahrnehmen ...Es gibt Augenblicke, die einen Menschen innerhalb von Sekunden zum Greis machen können.

Bäumler begreift nicht. Er macht eine sinnlose Geste, ist dann wie versteinert.

Endlich tut er etwas. Er setzt sich wie eine Marionette in Bewegung.

Er weiß nicht, wie er es geschafft hat. Aber er hat auf einmal den Telefonhörer in der Hand und wählt 110.

Eine polternde Stimme meldet sich.

Bäumler bringt zunächst keine Silbe hervor.

Die Stimme drängt ungeduldig.

«Meine... Meine Tochter...» Es ist, als hätte er die Sprache verloren und müßte erst wieder sprechen lernen. «Ich glaube, sie ist tot...»

«Adresse?» raunzt die Stimme.

«Buchenbühl – Kuckucksweg 15...»

15.05 Uhr

Bielmeier hat beschlossen, erst gar nicht mehr nach Hause zu fahren. Er will gleich vom Frankenbad aus zum Dienst. Das wird kaum auffallen. Er hat es an heißen Sommertagen schon öfter so gehalten.

Er hat sich beim Kiosk zwei Flaschen Bier gekauft. Das ist das einzige, wonach ihm (mittlerweile wieder) zumute ist. Der Appetit auf das Essen ist ihm vergangen. Beim ersten Bissen hätte er schon wieder kotzen müssen.

Er kleidet sich an. Kein Mensch kümmert sich um ihn. Er packt seine Sachen ein, schnappt sich die Badetasche und marschiert zum Ausgang.

Er vermeidet es, an morgen zu denken. Eigentlich sollte er gleich den Strick nehmen. Dann wäre alles schnell und schmerzlos vorbei. Aber er weiß es nur zu genau: Dazu ist er zu feige.

Drei Minuten braucht er, um seinen Wagen zu erreichen. Er rangiert ihn aus dem Chaos der kreuz und quer abgestellten Fahrzeuge heraus und fährt durch die Otto-Lilienthal-Straße zur Marienbergstraße zurück.

Unterwegs wagt er nicht, Bayern III einzuschalten. Er hat Angst vor der Durchsage. Vor *der* Durchsage. Er möchte nichts hören und nichts sehen. Er wünscht sich weit fort, irgendwohin nach Grönland oder in den Kongo – nur um nicht mit der Realität konfrontiert zu werden.

Er fährt durch die Äußere Bayreuther Straße stadteinwärts. Er muß nach Langwasser. Wenn er in keinen Verkehrsstau gerät, kann er das in knapp einer halben Stunde schaffen. In Langwasser wartet sein Job. Genauer gesagt: im Zweigwerk des Geraldis-Elektrokonzerns.

In Höhe des Stadtparks stehen zwei Verkehrsschutzleute. Eine Ampel ist ausgefallen. Eine weiß-rote Kelle stoppt den Verkehrsstrom in Richtung Stadtmitte.

Bielmeier ist beim Anblick der Polizisten ganz flau in der Magengegend geworden. Er fährt dann die Route über den Marienplatz zur Regensburger Straße.

An der Unterführung unweit der Hauptpost wird die Fahrbahn blokkiert. Ein Unfall. Auch das noch! Sofort bildet sich ein Fahrzeugstau.

Bielmeier starrt auf die rot aufleuchtenden Stoplichter seines Vordermannes. Ein glatzköpfiger Fahrer redet gestikulierend auf eine brünette Beifahrerin ein.

Bielmeier grübelt: Gewiß ist jetzt schon die Kripo im Haus. Bestimmt haben sie inzwischen bei Bäumler mit der Spurensicherung begonnen. Die Jagd nach dem Mörder läuft an ... Er hat den Drang, den Darm zu entleeren. Es rumort in seinem Bauch.

Hinter ihm tutet einer.

Er schreckt auf. Er hat nicht gemerkt, daß sich der Stau allmählich auflöst, daß sich die Kolonne langsam weiterbewegt.

Bielmeier fürchtet sich jämmerlich vor dem Augenblick, in dem er Bäumler gegenüberstehen wird. Er hat ganz großen Schiß davor. Wird es ihm gelingen, überzeugend Anteilnahme zu heucheln? Aber darum geht's nicht. Doch, darum auch, aber nicht in erster Linie ... So eine Scheiße. So eine gottverdammte Scheiße. Und ich bin schuld, ich gottverdammter Idiot. Ich ganz allein ... Die Senta? Die doch nicht. Die kann doch nichts für ihre Titten. Für ihren Arsch. Der Tanga, na ja ...

Fast hätte er bei einem Fußgängerüberweg einen Mann mit dem rechten Kotflügel erwischt. Der Mann droht mit der Faust. Bielmeier kümmert sich nicht darum. Aber je länger er über seine Situation nachgrübelt, um so trostloser erscheint sie ihm. Der Strick wäre sicherlich die beste Lösung.

Um 15.45 Uhr erreicht er das Werk. Kollege Kleinert, der alte Schmarrer, palavert eben mit einem Lieferwagenfahrer. Er erzählt wie meist dreckige Witze.

«Kennste den mit der Nonne und dem Spenglermeister?»

Bielmeier betritt den Glaskasten der Pförtnerloge. «Servus!»

Kleinerts verschlagenes Biedermannsgesicht bekommt einen lauernden Ausdruck. «Was sieht mein wachsames Holzauge – heute schon im Bau?»

«Quatsch keine Arien!» Bielmeier hätte ihm am liebsten eine gescheuert. «Sei froh, daß ich überhaupt aufkreuze.»

Kleinert spöttisch: «Hat dich g'wiß deine Alte nich drüber gelassen?»

Bielmeier blickt hinaus auf das Werkstor. Schichtwechsel. Die Belegschaftsmitglieder der Frühschicht strömen hinaus, eilen zu den Parkplätzen. Fast jeder ist motorisiert.

Bielmeier fährt Kleinert an: «Du kannst verschwinden!»

«Was denkst du denn, du Arsch mit Ohren? Meinste, ich will hier übernachten?»

Kleinert hat einen steifen Arm. Eine Kriegsbeschädigung. Er ist mit 45 Prozent eingestuft. Die KB-Rente versäuft er meist zur Hälfte. Er packt seine Siebensachen zusammen: Thermosflasche, Brotbüchse, Tabaksdose, Zigarettendrehmaschine, ein Groschenblatt und ein Porno-Magazin.

«Kannste ham ...» Er wedelt damit vor Bielmeiers Nase herum. «Scharfer Tobak!»

«Ach, steck's dir doch in den Arsch!»

Bielmeier hat eine Stinkwut auf sich, daß er sich so gehenläßt. Das kann er sich jetzt nicht mehr leisten. Kleinert haut endlich ab. Nächste Woche hat er Spätschicht.

Nächste Woche ... Wer weiß, was bis dahin geschehen ist.

Bielmeier ertappt sich dabei, wie er immer wieder auf die große, elektrische Uhr blickt, die über dem Werkstor angebracht ist. Unbarmherzig säbelt der große Zeiger Minute für Minute ab.

Bielmeier nimmt aus dem Spind den grauen Dienstmantel, zieht ihn an und setzt die Schirmmütze mit dem Werksemblem auf.

So wartet er. Wie einer auf seine Hinrichtung wartet.

Kurz vor fünf schrillt das Telefon in der Pförtnerloge. Agnes. Sie hat schon um vier Feierabend und fährt mit dem Linienbus nach Hause.

Ihre Stimme klingt erregt. Sie verheddert sich mehrmals. «... bei Bäumler, bei ...Du, was Furchtbares ist ... Senta, jemand hat sie umgebracht! Die Kripo stellt schon das ganze Haus auf den Kopf. Sie fragen in der ganzen Nachbarschaft rum – also, soweit die Leute da sind ... Nach dir haben sie auch ... Du sollst dich vertreten lassen und gleich rauskommen ...»

Bielmeier fühlt ein eisiges Kribbeln über den Rücken hinablaufen. Es ist soweit!

Er bringt kein Wort heraus.

«So sag doch schon was!» kreischt Agnes am anderen Ende.

«Vertreten lassen, ja ...» Er stottert etwas in die Sprechmuschel und legt auf. Dann erst sagt er: «Mein Gott!»

Es dauert zehn Minuten, bis ihm der lange Emmert, der Werkschutzleiter, eine Vertretung rüberschickt.

«Was is'n los?» fragt der Mann. Er heißt Langner, ein Graukopf mit faltigem Gesicht.

Bielmeier ignoriert die Frage. Es ist soweit – sie verdächtigen ihn; sie wollen ihn verhören, das sagt doch alles ... Er rennt aufs Klo.

Es ist, als hätte er Gift geschluckt und sein Organismus versuche, die Fremdstoffe durch einen Darmkolikanfall abzustoßen.

Um 17.10 Uhr fährt er in Richtung Buchenbühl los.

ZEHN STUNDEN DANACH

Um 21.00 Uhr ist Bielmeier wieder auf seinem Posten. Langner glotzt ihn neugierig an.

«Erzähl schon, Mensch!»

Die Fernsehregionalprogramme und der Rundfunk haben schon kurz über den mutmaßlichen Mordfall in Buchenbühl berichtet.

«Also, ich frag mich, was ist das für einer, der so was macht!» Langners Augen glitzern.

Bielmeier sagt irgendwas, nur um das Arschloch loszuwerden. Er möchte jetzt allein sein. Er möchte sich irgendwohin verkriechen und dort den Jüngsten Tag erwarten. Die Stunden, die hinter ihm liegen, das waren die schlimmsten in seinem ganzen Scheißleben.

Bäumlers Haus wimmelte vor Kripo. Polizeiautos, Ambulanz und Notarztwagen standen vor dem Haus; ganz Buchenbühl war am Kuckucksweg zusammengelaufen und drängte sich heran. Schutzleute mußten das Grundstück Nummer 15/13 abriegeln. Die Mordkommission war schon da. Für ihn, Bielmeier, waren es lauter gesichtslose Gestalten, die ihn bedrohten. So empfand er es zumindest.

Und mittendrin die reglose, leicht gebeugte Gestalt Bäumlers. Mittendrin dieses versteinerte Gesicht mit dem leeren, tränenlosen Blick ... Bielmeier ist es unerklärlich, wie er es geschafft hat, dem anderen sein Beileid auszusprechen, ohne sich zu verraten.

Irgendwie muß es ihm gelungen sein, sonst säße er jetzt nicht hier.

Sie hatten ihn vernommen – ‹nur reine Routine›, hatten sie gesagt: Wo tagsüber gewesen? Wann vormittags das Haus verlassen? Gesehen, wer zuletzt bei Senta Bäumler war?

Und er, Bielmeier, hatte durchgehalten. Unwahrscheinlich. Gestärkt von einem letzten Rest Selbsterhaltungstrieb spulte er seinen Sermon ab: Kurz vor zehn – Eintreffen des Halbstarken bei Bäumler. Fünf nach zehn sein eigener Aufbruch zum Bad. Beim Verlassen des Grundstückes einen Schrei aus Bäumlers Haus gehört – nein, eigentlich mehr einen Ruf... Nein, keinerlei Verdacht geschöpft. Dann ab ins Freibad.

Nein, er hat nicht den Blödsinn begangen, den Beamten ein Alibi aufzudrängen. Hat so getan, als müßte er eine solche Möglichkeit gar nicht erst in Erwägung ziehen.

Fragen: Wann im Freibad eingetroffen? Wann wieder verlassen? Allein dort gewesen? Oder mit einer anderen Person gemeinsam? Wenn allein, wer kann es bestätigen, daß...

Und er, Bielmeier, hat den Ratlosen gemimt. Alibi? Nee, leider... Wieso überhaupt Alibi?

Sie sagten, er dürfe das nicht falsch verstehen – wirklich nur reine Routine; in solchen Fällen immer... Vorschrift, ja? Auch Agnes fragten sie aus. Sie bestätigte das mit dem Anruf um zehn.

Und er, Bielmeier, ergänzend: Ja, bei ihr im Geschäft angerufen, ihr gesagt, daß um zehn ins Bad... Ach ja, da war ja noch die Sache mit der Armbanduhr... Adresse beim Bademeister gelassen; der kann es bestätigen, daß Uhr schon um halb elf im Badgelände verloren... Und Arbeitskollegen getroffen – Sägmeister heißt er... Ja, das wär's wohl. Ob das als Alibi reicht? Offenbar hat es gereicht.

Bielmeier zieht Bilanz und ist mit sich zufrieden. Die Masche mit der schnoddrigen Beiläufigkeit war bei den Kripoleuten gut angekommen. Sie hatten sich entschuldigt, etwas von ‹überprüfen› gemurmelt und ihn wieder weggeschickt.

Er hat noch mitbekommen, daß sie dem Halbstarken Mladek auf die Pelle rücken wollten. Er war von der Kneemöller gesehen worden, wie er Bäumlers Haus betrat und es kurz vor elf wieder verließ – zu einem Zeitpunkt, der von dem Polizeiarzt nach einer ersten Feststellung auch als möglicher Zeitpunkt für den Eintritt des Todes in Betracht gezogen worden ist... Des Todes der Senta Bäumler.

Bielmeier ist es schleierhaft, wie er das alles ohne Panne über die Runden bringen konnte. Aber was heißt eigentlich Panne – hat er überhaupt das Format, um zu erkennen, ob er die Kripo täuschen konnte?

Möglicherweise haben sie ihn laufenlasssen, um ihn dann um so sicherer überführen zu können? Sobald er irgendeinen Fehler macht?

Nach der ersten Euphorie sind wieder bohrende Zweifel aufgekommen und deprimieren ihn erneut. Er hat eine Runde gewonnen – bestenfalls. Und er weiß nicht einmal, über wie viele Runden der Kampf geht ...

Es ist jetzt fast kein Betrieb mehr am Werkstor. Vereinzelte Überstundenmacher passieren die Pforte, oder Putzfrauen, die in den Büroetagen gearbeitet haben und nun Feierabend machen. Sonst ist alles ruhig.

Bielmeier stützt den Kopf in die Hände und schließt die Augen. Er sieht Bäumlers reglose Gestalt, sein versteinertes Gesicht, die erloschenen Augen ... Er kann dieses Bild nicht verdrängen. Es hat sich merkwürdigerweise hartnäckiger in seinem Bewußtsein festgesetzt, als die Erinnerung an die tote Senta.

Er wischt sich über die Augen, aber das Bild bleibt.

Sie haben Horst Mladek gegen 17.00 Uhr geholt.

Der Junge lag in seinem Zimmer auf der alten Couch, schmökerte in einem Comic-Heft und hielt eine halbgeleerte Colaflasche in der Hand.

Um acht war er mit Scharli und seinen ‹Feuerreitern› verabredet. Vor der Diskothek ‹Arche Noah› unweit vom Nordost-Bahnhof wollte man sich treffen ... Wollte. Doch, wie gesagt, schon kurz vor fünf haben sie ihn geholt.

Auf einmal war seine Mutter auf der Bude aufgetaucht und hatte zwei Typen im Schlepptau. Die fragten ganz harmlos, ob es stimme, daß er mit Senta Bäumler befreundet sei.

Klar doch. Warum? Iss'n das 'n Verbrechen?

Das nicht, nein. Aber da wäre was zu besprechen ...

Und Mutter Mladek stand ratlos daneben, hatte ihren weißen Ladenkittel über der Brust zusammengezogen, als ob sie friere, und machte wieder einmal ihr Sorgengesicht. Geschaut hat sie, Mann, so mit ihrer Trauerweidenmiene: Welker, herabhängender Mund, faltige Wangen, strähniges Grauhaar, leicht verheulte Augen ...

Seit zehn Jahren steht sie im Geschäft. Tabakwaren, Zeitschriften, Lotto-Annahmestelle. Seit zehn Jahren ist sie geschieden. Der Sohn war ihr zugesprochen worden. Sein Vater hat zwar regelmäßig Unterhalt gezahlt, sich aber sonst nicht um den Jungen gekümmert. Und sie hatte dem Buben nie einen Wunsch abschlagen können ... Ist ziemlich verwildert; ist ihr einfach über den Kopf gewachsen.

Und heute haben sie ihn geholt. Warum denn? Was hat er denn angestellt? Der is doch nicht schlecht – doch nicht unser Horst!

Aber sie haben ihn mitgenommen. Nur ein paar Fragen, hat es geheißen. Nur ein paar Fragen, dann kann er wieder heimgehen, sagten die Typen, die ihn abholten.

Und um neun ist Horst Mladek noch immer nicht zurückgekommen. Sie verhören ihn in einem Vernehmungszimmer im Polizeipräsidium am Jakobsplatz.

Ja doch, bestreitet er ja nicht – bei der Senta Bäumler ist er vormittags gewesen. Hat sich wieder mal bei ihr umgeschaut. Hat sie eben wieder neu aufreißen wollen, weil sie doch in den letzten Tagen ihm gegenüber den kalten Ofen mimte. Dabei war sie doch auf ihn gestanden. Wieso er da so sicher ...? Is doch klar, is doch mit ihr schon öfter ... Na ja, im Bett, da isse nu mal super gewesen. Weil sie eben auf ihn stand ... Is doch hirnverbrannt, ihn zu verdächtigen! Gehört ja ins Witzblatt – is ja irre: Er und der Senta was antun? Warum sollte er? Weil sie ihm den Laufpaß geben wollte? Is ja 'n ausgemachter Quatsch!

Ja, besucht hat er sie. Ob heute mit ihr geschlafen? Blödsinn, heut doch nicht ... Also, ihr habt vielleicht Fragen! Heut is da nischt gelaufen, wirklich. Da war nur 'n kurzer Versöhnungsklatsch.

Ja doch, als er wieder abzwitscherte, da lebte sie noch, da war sie noch ganz lebendig. Soll'n das doch endlich begreifen, die Bullen, daß sie noch lebte. Den Nachbarn, diesen Bielmeier-Molli, hat sie nachher noch holen wollen; der sollte ihr den Plattenspieler reparieren ... Was? Der Bielmeier war gar nicht daheim? Weiß ich doch nich; is doch nich mein Bier!

Er und die Senta umbringen? Mann! Laßt euch gefälligst was Besseres einfallen! Das stinkt doch zum Himmel, das is ja irre, Mann ...

Horst Mladek gibt sich schnoddrig, aber in Wirklichkeit ist ihm zum Heulen. Er ist gar nicht so cool, wie er tut. Ach wo. Er fühlt sich verlassen, verraten und verkauft. Er fühlt sich schutzlos einer Willkür ausgeliefert. Er wollte, er könnte jetzt zu seiner Mutter zurückkehren, zu seiner Alten mit dem Trauerweidenblick ...

Horst Mladek fährt sich mit dem Handrücken über die Augen. Eine Träne kullert über seine Wange.

Um 20.00 Uhr wartet seine Clique vergeblich auf ihn.

Die vier Lederjacken haben ihre Maschinen vor der Diskothek ‹Arche Noah› aufgebockt und stehen wie belämmert herum.

Aus dem Disco-Schuppen dröhnt dumpf der Rhythmus einer Pop-

Nummer. Es ist schwül. Der Tag verglüht hinter den Häuserzeilen der Äußeren Bayreuther Straße.

Sie haben es schon in den Nachrichten gehört. Zumindest einige von ihnen. Sie haben es nicht glauben wollen. Senta Bäumler tot? Umgebracht? Das muß doch 'n Irrtum sein! So was darf doch nicht wahr sein ... Die Senta, die mit der tollen Figur, die Schwester mit dem flotten Fahrgestell – die is nich mehr?

Bedrückt schweigen sie sich an.

Scharli, den sie die Löwenmähne nennen, weil sein rötliches Struwwelhaar so aussieht, dreht sich mit einem Zigarettenapparat einen Glimmstengel. Er hält mit den Zähnen die Schnur des Tabaksbeutels und stopft mit den Fingern Tabak in die kleine Walkmaschine.

«Die verdächtigen einen 18jährigen Kfz-Mechaniker», stößt er zwischen den Zähnen hervor. «Merkt ihr was?»

Die anderen glotzen ratlos in die Gegend. Sie kapieren zunächst nicht, was Scharli meint.

Schließlich rastet bei Udo ein, dem ‹Schweden› – sogenannt wegen seiner flachsblonden Haare. Ihm dämmert etwas. «Kfz-Mechaniker? Achtzehn? Du meinst, sie wollen Bronco was anhängen?»

Bronco steht in ihrem Kreis für Horst Mladek.

Scharli nickt. «Sieht so aus, Leute. Wartet mal ...» Er verpackt seine Zigarettenfabrik samt Tabaksbeutel in der Innentasche seiner Lederjacke und verschwindet in der Diskothek.

Die anderen bleiben einsilbig. Sie warten. Leute kommen vorbei und beachten die Lederjacken kaum. Der Abendverkehr ist abgeklungen. Nur ab und zu ein Auto.

Endlich kommt Scharli zurück.

«Scheiße!»

«Was is'n?»

«Stimmt. Sie haben Bronco abgeholt ... Heute um fünf.»

«Wer?»

«Die Heilsarmee nicht, du Schwachkopf ... Hab eben mit der alten Mladek telefoniert. Die is ganz fertig. Heute nachmittag haben ihn zwei Bullen abgeholt.»

Der Schwede: «Die spinnen doch – die ham doch 'n Knall!»

Die vier glotzen sich an.

«Ausgerechnet Bronco woll'n se die Schweinerei anhängen? Bei den Bullen muß 'ne Schraube locker sein», knurrt der Schwede.

Schweigen.

Scharli tritt seine Zigarettenkippe mit dem hochhackigen Absatz aus.

«Gegen elf soll's passiert sein – und den Bronco ham se vorher in Bäumlers Haus gehen sehen.»
«Wer?»
«Wer sagt das?»
«Was weiß ich – war ich dabei?»
Schweigen.
Dann der Schwede: «Den Typ sollten wir uns mal näher anschau'n.»
«Wie meinst'n das?»
«Dreimal darfste raten!»
Scharli, die Löwenmähne, pflichtet bei: «Der Schwede hat's erfaßt – den Typ nehmen wir uns vor.»
Joschi, genannt das «Baby», weil er der Jüngste in der Clique ist, meldet Zweifel an: «Aber wie willste rauskriegen, wer's is?»
«Warten wir's ab. Vielleicht lesen wir's morgen in der Zeitung.»
«Und was nu?»
Die Löwenmähne gibt das Signal zum Start.
Sie treten ihre Mühlen an. Fast sieht es aus, als wollten sie zu einer Gedächtnisrunde für ihren vorläufig festgenommenen Kumpel antreten. Die Löwenmähne fährt mit seiner Honda voran und bestimmt den Kurs. Es geht in Richtung Buchenbühl.
Es ist schon dunkel, als sie in den Kuckucksweg einbiegen.
Ganz hinten vor Bäumlers Anwesen parken noch drei Polizeiautos. Im Garten und vor dem Grundstück stehen zwei Grünröcke teilnahmslos herum.
Scharli hat die Situation frühzeitig erkannt und bläst schon bei Nummer 5 zum Rückzug. Die vier fahren zur Kalchreuther Straße zurück.
Es ist wieder still im Kuckucksweg. Inzwischen haben sich auch die Neugierigen verlaufen. Nur vereinzelt tauchen noch Leute auf und spähen neugierig zu Bäumlers Anwesen hinüber.
Jemand sagt: «Heutzutage is man nich mal in seinen eigenen vier Wänden sicher.»
«Verrückte Zeiten», quengelt ein anderer.

23. August
Dreizehn Stunden danach

Zwei Minuten nach Mitternacht verläßt Bielmeier das Werk. Sein Dienst ist beendet. Er fährt nach Hause.
Es graut ihm vor zu Hause. Er hätte wer weiß was dafür gegeben, wenn ihm das jetzt erspart geblieben wäre.

Als er in die Regensburger Straße einbiegt, spielt er mit dem Gedanken, sich irgendwo in einer Kneipe zu besaufen, um wenigstens für ein paar Stunden zu vergessen... Ach, das wäre auch keine Lösung.

Es ist kaum Verkehr um diese Zeit.

Je näher er dem Ziel kommt, um so mulmiger wird ihm zumute. Er könnte nicht dafür garantieren, ob er in dieser Nacht noch eine Begegnung mit Bäumler durchstehen würde... Wer weiß, vielleicht erwartet ihn Bäumler schon, um sich bei ihm sein Elend von der Seele zu reden.

Bei dieser Vorstellung reagiert sein Magen mit einem neuen Brechreiz. Er hält an, steigt aus, lehnt sich an den Wagen und atmet tief die Nachtluft ein.

Hier in der Marienstraße ist niemand mehr unterwegs. Doch... Er hört Absätze klappern. Aus Richtung Marienplatz nähert sich eine Frau. Sie ist jung, trägt knallenge rote Samthosen und hat die Rechte im Schulterriemen ihrer Beuteltasche verhakt. Als sie unter einer Straßenlampe ist, sieht er, daß ihr weißer Pulli ‹gut eingeschenkt› ist, wie man so sagt. Dann ist sie auf seiner Höhe.

«Na, Hübscher – wie wär's mit uns beiden?»

Es klingt, als hätte sie sich nach dem Weg erkundigt. Bielmeier denkt, Mensch, die sieht gar nicht aus wie 'ne Nutte. Eher wie 'ne Hausfrau, die über die Stränge schlägt... Er glotzt sie an, sagt aber kein Wort. Das verunsichert sie offenbar. Ist ihr sein Blick unheimlich? Sie geht weiter, dreht sich nach ihm um, geht immer rascher und verschwindet.

Um fünf vor halb eins ist er daheim.

Die Sichel des abnehmenden Mondes hängt wie der Restbestand eines Sommerfestlampions am Himmel. Er schließt das Garagentor und schleicht sich ins Haus. Nebenan bei Bäumler ist alles dunkel.

Alles sieht so aus wie immer. Eine Nacht wie hundert Nächte vor ihr. Nichts ist geschehen... Und laß uns ruhig schlafen, und unseren kranken Nachbarn auch.

Bielmeier mustert scheu Bäumlers Anwesen. Ob die Spurensicherung in Sentas Zimmer etwas gefunden hat? Etwas, das ihn belasten könnte? Vielleicht hat er ja eine winzige Kleinigkeit übersehen.

Und morgen werden sie sein Alibi überprüfen... Und darauf kommen, daß es keinen Zeugen gibt, der bestätigen kann, daß er bereits kurz nach zehn im Frankenbad gewesen ist? Daß er das dem Bademeister und dem Kollegen Sägmeister nur suggeriert hat?

Er tastet sich zu seiner eigenen Haustür, wie ein fremder Eindringling.

Ist dort auf Bäumlers Terrasse nicht ein Schatten? Wird er tatsächlich von Bäumler erwartet?

Alles, nur das nicht!

Aber er hat sich getäuscht – es ist die zusammengeklappte Gartenliege, die an der Glastrennwand lehnt ... Er hat schon Halluzinationen.

Er verschwindet rasch in seinem Bau, läßt das Türschloß vorsichtig einrasten und stützt sich gegen die Wand.

Sein erster Weg ist in die Küche. Er schenkt sich einen eisgekühlten Steinhäger ein. Mit einem raschen Ruck kippt er die Medizin in sich hinein. Und einen zweiten Steinhäger. Und dann den dritten ... Das scharfe Feuerwasser treibt ihm Tränen in die Augen.

Als er wieder klarer sehen kann, erkennt er Agnes.

Sie steht auf der Schwelle. Untersetzt, dicklich; sie trägt einen bodenlangen, rot geblümten Schlafrock. Ihr farbloses Haar ist auf großkalibrige Lockenwickler gerollt. Der kleine Mund. Die knollige Nase. Der Ansatz des Doppelkinns.

Sie hält die Arme wie eine Waschfrau über der Brust verschränkt. Sie blickt ihn stumm an.

Er wendet sich ab und stellt die Steinhägerflasche in den Kühlschrank zurück. Er findet, daß die Küchenuhr unnatürlich laut tickt.

«Was denn – biste noch auf?» sagt er, nur um das dämliche Schweigen zu überbrücken.

«Wer kann heut schon schlafen!»

Er fummelt am Griff des Kühlschranks herum. «Es is nu mal geschehen – wir können nischt dran ändern.»

Sie setzt sich an den Küchentisch, stützt den Kopf in die Hände. «Mein Gott, ist das alles furchtbar ...»

Er geht ins Bad.

Sie hört die Dusche rauschen, erhebt sich, geht durch die Diele und ruft ins Bad: «Im Kühlschrank ist noch'n Stück kalter Braten ... Willste noch was essen?»

Er krächzt unter dem Wasserstrahl etwas hervor, das wie «Nein» klingt.

Schließlich taucht er wieder auf. Den Bademantel hat er sich flüchtig übergeworfen. Die Hausschuhe, die er trägt, sind hinten niedergetreten. Schlampig wie immer, denkt sie. Sein Gesicht ist gerötet.

Er möchte sich vor ihrem Blick verkriechen. «Geh schon rauf, ich komm nach», knurrt er.

Sie bleibt. «Demnächst müssen wir noch aufs Polizeipräsidium», sagt sie.

«So?» Er ist in Alarmstimmung, aber er tut gleichgültig. Er gähnt.

«Sie müssen unsere Aussagen noch protokollieren, sagen sie.»

Er latscht die Treppen zum Schlafzimmer hinauf. Sie folgt ihm. Er ist gereizt, weil sie ihn nicht mit ihrer Quatscherei in Ruhe läßt. Aber er läßt sich das nicht anmerken.

Als sie im Bett liegen, knipst sie plötzlich noch einmal die Nachttischlampe an, richtet sich auf und gibt ihm einen Stoß.

«Du!»

«Was denn nu noch ...»

«Das stimmt doch alles, was du denen erzählt hast?»

Er bleibt ruhig liegen, aber seine Sinne sind angespannt. «Wie meinste das?» Seine Stimmbänder sind belegt.

«Ob du geflunkert hast, oder ob du bei der Wahrheit geblieben bist – das meine ich.»

Ihre quengelige Stimme bringt ihn auf die Palme. «Na hör mal – das is vielleicht 'ne idiotische Frage. Was soll'n das!»

«Ganz einfach: Ich will bloß, daß wir später keine Scherereien bekommen; das ist alles ... Ich kenn dich doch – ich weiß doch, was du manchmal für einen Mist daherredest.»

Er kann sich nur noch mühsam beherrschen. «Mensch, Lotti, das kannste doch nicht mit so was in einen Topf hauen! Oder hältst du mich wirklich für so dämlich, daß ich nich begreife, was meine Pflicht ist?»

«Bei dir kann man nie wissen.»

Seine Wut wird nur noch von der Angst überlagert, sie könnte etwas ahnen. Daher lenkt er ein. «Es is alles okay ... Und jetzt mach endlich die Funzel aus. Ich möcht schlafen.»

Sie legt sich zurück, aber löscht nicht das Licht. «Du bist, sagst du, kurz nach zehn ins Frankenbad rüber?»

«Genau.»

«Und hast, sagst du, noch gesehen, wie der Halbstarke, der Freund der kleinen Senta, auftauchte?»

«So isses.»

«Und dann, sagst du, als du weggefahren bist, hättest du bei Bäumler einen Schrei gehört?»

«Na ja – Schrei ... Mehr wie 'n Ruf ... Was soll denn der Quatsch? Willste mich verhören?»

«Was regst du dich auf, Konrad – ich möcht doch nur, daß alles in Ordnung geht.»

«Wer regt sich denn auf? Ich doch nicht. Ich will bloß schlafen, sonst gar nischt.»

Er wälzt sich auf die Seite und zieht die Decke übers Kinn. Er hätte sie am liebsten erwürgt, so haßt er sie in diesem Augenblick.

Sie gibt keine Ruhe. «Bäumler kann einem leid tun! Erst seine Frau – und jetzt das ...»

Bielmeier rührt sich nicht. Ihr banales Geschwätz macht ihn wahnsinnig. Aber es geht noch weiter:

«Du, Konrad – warum hast du mich eigentlich erst um halb zwölf angerufen, wenn du schon seit Viertel elf im Bad warst? Oder warum hast du mich nicht vorher von zu Hause angerufen?»

Er schweigt. Die harmlose Frage trifft ihn wie ein Tiefschlag... *War sie harmlos?*»

«Konrad, hast du gehört?»

«Mein Gott, issen das so wichtig? Als ich wegfuhr, da hab ich noch nicht gewußt, daß ich den ganzen Tag bleiben will.» Er hat nicht über die Antwort nachgedacht; die Worte sind einfach so gekommen. Aber er findet die Antwort gut. Plausibel. Er ist mit ihr zufrieden.

Agnes offenbar auch. «Gute Nacht.» Sie löscht das Licht und spricht stumm ein Nachtgebet.

Das tut sie mit achtunddreißig noch genauso wie schon mit zwölf. Sie ist streng katholisch erzogen worden. Ihr Vater hatte in der Nähe von Kattowitz einen größeren Hof. Kurz vor Kriegsende kamen die Russen, und die Familie flüchtete. Ihr Vater, damals schon sechzig gewesen, konnte sich vor dem Volkssturmeinsatz drücken.

Sie kamen in die Nürnberger Gegend. In einem Kaff bei Lauf fand die Flüchtlingsfamilie bei einem einheimischen Großbauern eine Bleibe. Der Bauer war in Rußland vermißt; ihr Vater schmiß den ganzen Laden. Und Mutter half fleißig mit.

Agnes wurde auf die Handelsschule geschickt. Sie sollte aus dem bäuerlichen Milieu heraus. Nach Schulabschluß fand sie zunächst keine Arbeit. Erst zwei Jahre später wurde sie als Bürohilfe in einem Nürnberger Kleinbetrieb angestellt. Nachdem der in den späten fünfziger Jahren Pleite gemacht hatte, gelang es ihr, bei einer Firma in Ziegelstein unterzukommen.

Von ihren Eltern – die Mutter starb 1959 und der Vater 1968 – erbte sie fast 50 000 Mark. Der vermißte Bauer war für tot erklärt worden, und Agnes' Vater hatte mit dem Geld aus dem Lastenausgleich und Krediten den Hof bei Lauf übernommen.

Zu dieser Zeit lernte sie auch Konrad Bielmeier beim Wanderverein ‹Edelweiß› kennen.

Sie kann jetzt nicht einschlafen. Sie starrt in die Dunkelheit. Einmal sagt sie: «Dem Bäumler, dem bleibt doch nichts erspart. Mein Gott, der arme Mensch! Und die Senta, das arme Mädchen ...»

Er hält sich die Ohren zu und stellt sich schlafend; dabei weiß er, daß er in dieser Nacht kein Auge zumachen wird. Er wälzt sich von einer Seite auf die andere. Die gleichmäßigen Atemzüge nebenan verraten ihm, daß Agnes nun doch eingeschlafen ist. Er richtet sich auf, bleibt auf der Bettkante sitzen, wartet.

Nein, sie merkt es nicht. Sie schläft.

Er hält es im Bett nicht aus. Er muß raus. Behutsam verläßt er das Schlafzimmer.

Wenn er wenigstens für ein paar Stunden vergessen könnte ... Aber das wäre eine Gnade, die er nicht verdient.

Er geht ins Wohnzimmer hinunter. Er setzt sich im Dunkel auf die Couch. Seine Augen brennen. Er sehnt sich nach Schlaf, nach Ruhe und findet sie nicht.

Es treibt ihn ruhelos umher. In der Küche geht ihm das harte Ticken der Küchenuhr auf die Nerven. Er kippt noch einen Steinhäger in sich hinein und geht ins Wohnzimmer zurück. Die Jalousien des Terrassenfensters sind nicht geschlossen. Bleiches Mondlicht fällt herein.

Gibt es bereits Indizien, die ihn belasten? Ist schon etwas gegen ihn im Gang? Er schiebt den Store ein wenig zur Seite. Sein Blick sucht das Nachbargrundstück.

Das Mondlicht verleiht der gläsernen Terrassen-Trennwand einen phosphoreszierenden Schimmer.

Möglicherweise steht jetzt Bäumler ebenfalls am Fenster und starrt in die Nacht hinaus. Der Gedanke löst bei ihm plötzlich Mitleid aus. Warum muß ausgerechnet er, Bielmeier, es sein, der diesem Mann so viel Leid zufügt? Bielmeier ist nicht sehr intelligent, und von Psychologie versteht er schon gar nichts, aber ihm dämmert, daß sein Mitleid mit Bäumler eigentlich nur eine andere Form von Selbstmitleid ist. Hysterie überkommt ihn. Er hat auf einmal das selbstzerstörerische Verlangen, sich Bäumler einfach auszuliefern und um Vergebung zu betteln.

Aber das sind nur flüchtige Emotionen, die aus seiner Zerrissenheit aufflammen und gleich wieder von anderen Empfindungen gelöscht werden.

Der obere Flügel des Terrassenfensters ist geöffnet. Die Geräusche der Nacht sind zu hören. Ab und zu rumort ein Düsenclipper über die Häuser hinweg ... Ist eigentlich das Nachtflugverbot aufgehoben worden? – Als ob er keine anderen Sorgen hätte.

Die Rasenfläche erscheint im Mondlicht wie ein tintengrüner Bettvorleger.

Wie oft ist Senta dort umhergelaufen ... Er nimmt den Saum seines Morgenrocks und wischt sich damit über die Augen.

Er holt sich eine Zigarette. Er ist Nichtraucher, im Gegensatz zu

Agnes. Sie braucht am Tag zehn ... Er macht einen Zug. Früher einmal hat er pro Tag dreißig gequalmt. Seit er ein Stechen in der Herzgegend verspürte, hat er es aufgegeben. Das war vor zwei Jahren.

Er gewöhnt sich nur allmählich an die Lungenzüge. Er muß wiederholt husten. Er öffnet die Terrassentür und wagt es, hinauszutreten.

Es riecht nach Wald. Die Nacht ist wie ein zartgrüner Schleier über das Land gebreitet. Bielmeier drückt die Zigarette aus und atmet mehrmals ganz tief durch.

Sein Elend wird er deshalb auch nicht los. Wenn er die Zeit um einen Tag zurückdrehen könnte, alles ungeschehen machen ...

Er bemerkt nicht sofort, daß er nicht mehr allein ist. Wahrscheinlich hätte er sich sonst rasch in seinen Bau zurückgezogen. Er ist feig, und er weiß es. Ändern kann man das nicht.

«In der Nacht ist es am schlimmsten.» Bäumler steht unterhalb seiner Terrasse und blickt zu Bielmeier herauf. «Damals, als meine Frau ... Das war genauso damals. Aber da war ich noch jünger. Da war noch mehr ... mehr Spannkraft. Und ich wußte ja auch, wofür. Für wen ...»

Bielmeier ist froh, daß die Dunkelheit sein Gesicht verbirgt. Er muß jetzt irgend etwas sagen. Jetzt gleich ... «Ich weiß nicht, ob ich mir das richtig vorstellen ...» Er muß sich räuspern. «Ob ich mir das vorstellen kann», sagt er. «Ich meine, wenn man's nicht selbst ... Ach, Scheiße! Aber ich kann auch nicht schlafen.» Er lauscht seinen Worten nach. Haben sie überzeugend geklungen?

Bäumler schweigt, und Bielmeier weiß nicht, wie er sich jetzt verhalten soll. Wenn doch Bäumler endlich den Mund aufmachte ... Aber er steht nur da wie ein Schatten, wie ein Phantom aus einem Gruselfilm.

«Bäumler, die kriegen den Lump, der das auf dem Gewissen hat. Bestimmt ...» Bielmeier redet gegen die Stille an. Er möchte den Rückzug antreten. Er murmelt einen flüchtigen Gruß und wendet sich ab.

«Bielmeier!»

Er bleibt stehen, ohne sich umzudrehen. Er hört, wie Bäumler näher kommt. Der Gartenkies knirscht.

«Bielmeier – noch einen Augenblick, bitte.» Kurze Pause; dann: «Sie können doch auch nicht schlafen. Bleiben Sie noch. Lassen Sie mich nicht allein. Ich muß mich erst an diese ... an die Einsamkeit gewöhnen.»

Bielmeier weiß, er muß mitspielen. Es gibt in seiner Situation keine Alternative. Er wendet sich dem anderen zu. «Wennse meinen, daß es Ihnen bißchen hilft ... Soll ich uns 'n Bier holen?»

«Danke, Bielmeier ... Nee, kein Bier.»

Sie setzen sich in die Korbsessel, die auf Bielmeiers Terrasse stehen.

Die Dunkelheit maskiert ihre Gesichter, die nur als konturenlose Silhouetten zu erkennen sind.

Bäumler, wie im Selbstgespräch: «Heute werden sie Senta obduzieren ... Die Vorstellung macht mich fast wahnsinnig. Wenn ich denke, daß dieser junge Körper ...»

Bielmeier brütet dumpf vor sich hin.

«Sie vermuten, daß Senta vergewaltigt und dann erwürgt worden ist. Sie vermuten es, obwohl sie, als ich sie fand, noch das Höschen von diesem ... diesem Tanga anhatte. Sie meinen, das hat nichts zu bedeuten. Wichtig ist, ob man Sperma findet. Dann kann man labortechnisch ermitteln, von wem es stammt – ob von der Person, die man verdächtigt, oder nicht.»

Bielmeier schweigt.

«Sie verdächtigen einen Jungen namens Mladek. Ich kenne ihn flüchtig. Senta hat ihn einmal ins Haus gebracht ...»

«Ist das der mit dem Motorrad? Ich hab mal so 'ne halbe Portion mit 'm Motorrad gesehen.»

Bäumler nickt. «Ja, Horst Mladek ... Der Polizeiarzt meint, der Tod ist spätestens gegen elf eingetreten. Und die Kneemöller, die von Nummer fünf, die hat den Mladek kurz vor elf aus meinem Haus kommen sehen.»

Pause.

Und wieder Bäumler: «Und doch ... Es will mir einfach nicht in den Kopf, daß es dieser Mladek getan haben soll ... So eine – Sie haben's ja selber gesagt – halbe Portion?»

«Es sind schon jüngere Leute zum Mörder geworden.» Bielmeier wundert sich, wie sachlich ihm dieser Einwurf gelungen ist. «Wer soll es sonst gewesen sein?»

«Ja, wer wohl sonst ...»

Wieder Schweigen.

Dann Bäumler: «Sie werden es sicher rausfinden – sie haben mein ganzes Haus auf den Kopf gestellt. Sie haben in Sentas Zimmer jeden Quadratzentimeter auf Spuren untersucht. Sie haben den Bodenbelag mit Spezialgeräten auf Mikrospuren getestet – bis kurz vor Mitternacht waren sie im Haus. Sie haben Sentas Zimmer versiegelt ... Sie werden den Täter finden; Mladek oder ein anderer!»

«Schon möglich, daß sie ihn schnappen.» Bielmeier reagiert leicht gereizt; das Gerede ist ihm derart auf den Wecker gegangen, daß er sich sekundenlang nicht mehr unter Kontrolle gehabt hat. Er lenkt rasch ein: «Ja, Bäumler, wenn ich mir's richtig überlege – Sie haben recht: so 'n Milchknabe, so 'n Halbstarker wie der und so 'ne böse Geschichte –

das paßt nich zusammen ...» Er hat eine idiotische Wut auf alles. Daß er hier herumsitzen und heuchlerische Sprüche klopfen muß, daß er sich so wenig unter Kontrolle halten kann, daß sich die Welt einfach weiterdreht, daß er ein hundsgemeiner Feigling ist, daß ihm das Leben diese beschissene Rolle zugeteilt hat – daß ... daß ...

Bäumler steht auf. Er hat den gereizten Unterton herausgehört. «Es ist dumm und egoistisch von mir, Sie noch länger zu belästigen.» Er hüstelt leicht. «Ich hätte es wissen müssen. Sie brauchen Ihren Schlaf. Gute Nacht – und entschuldigen Sie nochmals.»

Was soll das nun wieder? «Das is doch Quatsch», entfährt es Bielmeier noch um eine Nuance gereizter. «Was heißt belästigen – is doch Quark, Mann!»

Bäumler zieht sich gekränkt zurück.

Bielmeier liegt eine scharfe Erwiderung auf der Zunge. Er kann sich im letzten Moment gerade noch zurückhalten.

Bielmeier ist allein.

Verdammt, flucht er in sich hinein. So 'n gottverfluchter Mist! Wie konnte er sich so idiotisch gehenlassen?

Er geht ins Haus zurück. Er geht wie ein uralter Mann.

Einunddreissig Stunden danach

Für 18.00 Uhr ist im Polizeipräsidium am Jakobsplatz eine Pressekonferenz angesetzt. Die Reporter der drei Nürnberger Tageszeitungen sowie die örtlichen Korrespondenten einer Presseagentur, eines überregionalen Blattes und des Rundfunks haben sich eingefunden.

Der Pressesprecher erscheint in Begleitung eines leitenden Beamten vom K I und begrüßt die Journalisten so, wie man altbekannte Kollegen begrüßt, mit denen man wiederholt zu tun hat. Dann gibt er eine Zusammenfassung der vorläufig abgeschlossenen Ermittlungen im Fall Senta Bäumler. Folgende Fakten werden zur Veröffentlichung freigegeben:

a) Senta Bäumler, 16 Jahre und zwei Monate alt, Realschülerin, ist durch fremde Gewalteinwirkung getötet worden.
b) Der Tod trat am 22. August zwischen zehn und elf Uhr ein.
c) Todesursache: Drosselung der Atemwege. Nach dem Obduktionsbefund hat der Täter dem Opfer Mund und Nase zugedrückt.
d) Der Täter hat vorher den Beischlaf mit Gewalt erzwungen.

e) In der Scheide des Opfers ist Sperma festgestellt worden.
f) Unter den Fingernägeln der Toten wurden fremde Hautpartikel gesichert.
g) Am Tatort wurden Papiertaschentücher mit Blutspuren gefunden.
h) Am Tanga-Unterteil, das der Toten nach der Tat wieder übergestreift wurde (wenn es bei der Tatausübung überhaupt entfernt worden ist), sind außerdem noch fremde Speichelreste ermittelt worden.

Als mutmaßlicher Täter ist der 18jährige Kfz-Mechaniker Horst Mladek aus Nürnberg vom Ermittlungsrichter in Haft genommen worden. Folgende Indizien belasten den Inhaftierten:

1. Die labortechnischen Analysen haben ergeben, daß die bei der Toten festgestellten Spermienreste von Mladek stammen. Obwohl er beteuert, an diesem Tag mit Senta Bäumler keinen Verkehr gehabt zu haben.
2. Die unter den Fingernägeln der Toten eruierten Hautpartikel sind mit dem Hautgewebe Mladeks identisch. Auf seinen beiden Schulterpartien sind Kratzspuren deutlich sichtbar. Die Gründe, die er dafür angibt, sind folglich als Schutzbehauptungen einzuordnen: Er will sich die Kratzspuren bei einer harmlosen Balgerei mit einem fremden Mädchen im Freibad geholt haben, ohne Namen und Anschrift des betreffenden Mädchens nennen zu können.
3. Die Blutflecken, die auf den am Tatort vorgefundenen Papiertaschentüchern gesichert wurden, sind mit Mladeks Blutgruppe identisch. Es besteht die Wahrscheinlichkeit, daß er sich bei der Tatausübung verletzt hat und die befleckten Taschentücher in der ersten Panik liegenließ.
4. Fingerabdrücke an zwei Cola-Gläsern deuten darauf hin, daß Mladek und Senta Bäumler zunächst friedlich miteinander getrunken haben. Offensichtlich ist es erst zum Streit gekommen, als sie sich wehrte, mit ihm den GV auszuüben. Zwei Freundinnen von ihr haben bekundet, Senta Bäumler hätte Mladek schon vor einer Woche in der Diskothek ‹Arche Noah› den Laufpaß gegeben.
5. Zeugen aus Bäumlers Nachbarschaft bekunden schließlich, gesehen zu haben, wie Mladek am Tattag kurz vor zehn Bäumlers Grundstück betreten und kurz vor elf wieder verlassen hat.
6. Mladek bestreitet nach wie vor heftig seine Täterschaft. Er behauptet, sich am fraglichen Tag mit Senta Bäumler versöhnt zu haben. Man habe getrunken und Platten gespielt. Sonst sei nichts

gewesen. Weil der Plattenspieler dann ausfiel und er sich bei Versuchen, ihn zu reparieren, am Zeigefinger verletzt hätte, habe Senta Bäumler erklärt, sie wolle den Plattenspieler später von einem Nachbarn richten lassen, der ‹so etwas könne›. Soweit Mladeks Version von der Sache.

Die eben aufgeführten Indizien gegen ihn sind jedoch so erdrückkend, daß der Ermittlungsrichter Haftbefehl erlassen hat ... Mladek wird sich vor einer Jugendstrafkammer zu verantworten haben ...

Soweit der Pressesprecher mit seiner Zusammenfassung des vorläufigen Ermittlungsergebnisses. Einige Journalisten stellen noch Detailfragen. Zwanzig Minuten später ist die Pressekonferenz zu Ende.

Die Journalisten schwärmen aus. Für die meisten ist der Fall gelaufen. Entsprechend werden sie ihre Berichte und Texte für die nächsten Morgenausgaben und Nachrichtensendungen formulieren.

Ein altgedienter Polizeireporter resümiert: «Selten so schnell geschaltet.»

Ein Kollege: «Allerdings – die Jungs haben fix gearbeitet. Vorausgesetzt, es war nicht alles ganz anders.»

«Du meinst ...?»

«Genau. In diesem Geschäft ist nichts unmöglich.»

«Das wäre allerdings ein Knüller ... Und wir könnten die Polizei wieder mal in die Pfanne hauen!»

25. August
DREI TAGE DANACH

Freitag.
Bielmeier hatte sich für diesen Tag freigenommen. Denn heute ist Senta Bäumler beerdigt worden. Der Staatsanwalt hatte ihre Leiche zur Bestattung freigegeben. Nachmittags um 14.30 Uhr wurde sie am Westfriedhof zur letzten Ruhe gebettet.

Jetzt ist es 22.30 Uhr.

Bielmeier liegt mit offenen Augen im Bett und starrt in die Dunkelheit. Die Stille dröhnt in den Ohren. Agnes schläft. Manchmal röchelt sie ein wenig. Sie schläft den Schlaf der Gerechten, wie es so schön heißt.

Er läßt noch einmal den ganzen Film dieser Trauerfeier in Gedanken ablaufen. Er zermartert sich das Hirn darüber, ob er irgendwann in dieser endlos langen Stunde einmal die Kontrolle über sich verloren hat, aus seiner Rolle gefallen ist.

Zwar war der Fall Senta Bäumler bereits gestern in den Lokalblättern in epischer Breite abgefeiert worden, und sie haben diesen Horst Mladek als mutmaßlichen Täter am Wickel. Aber deswegen kann Bielmeier noch lange nicht seinem Gewissen davonlaufen. Seiner Angst auch nicht. Und er weiß nicht, wie alles einmal enden wird.

Der Trauerzug war lang.

Halb Buchenbühl war auf den Beinen. Sentas Schulklasse und fast die gesamte Lehrerschaft der Realschule waren da. Kollegen aus Bäumlers Betrieb hatten sich eingefunden. Vor allem war viel neugieriges Volk gekommen – aus reiner Sensationslust. Es war ja auch schönes Wetter.

Der Weg von der Aussegnungshalle bis zum Grab kam Bielmeier endlos vor.

Weil Bäumler sonst keine Verwandten mehr hat, waren Bielmeier und Agnes ohne besondere Absprache unmittelbar hinter Bäumler gegangen. Es war für Bielmeier ein schauerliches Spießrutenlaufen gewesen.

Bäumler wirkte äußerlich gefaßt. Sein Gesicht war wie versteinert. Manchmal wurde sein Schritt unsicher; dann mußte Bielmeier ihn stützen. Er wünschte sich in diesen Augenblicken, selber tot zu sein.

Am Grab sprach der evangelische Geistliche ein Gebet. Bielmeier nahm sich sehr zusammen, überwachte sich streng. Nur die Schweißausbrüche konnte er nicht verhindern. *Auf sein vegetatives Nervensystem kann der Mensch nicht unmittelbar mit Willenskraft einwirken* oder so ähnlich. Er hatte es irgendwann einmal in der Ratgeberspalte einer Illustrierten gelesen.

Abseits hatte er zwei Männer bemerkt. Sie trugen graublaue Konfektionsanzüge. Er hätte schwören mögen, daß die von der Kripo waren. Er bildete sich ein, daß sie nur Augen für ihn hatten.

Als die Träger den braunen Eichensarg in die Grube hinabließen, war es, als wollte Bäumler zusammenklappen. Und Bielmeier hatte seinen Arm wieder stützend unter den des Nachbarn geschoben. Es war der schlimmste Augenblick, den er je erlebt hatte. Es konnte eigentlich nicht mehr schlimmer kommen.

Hatten sich nicht in diesen Minuten die Blicke der gesamten Trauergemeinde nur auf ihn, Bielmeier, konzentriert?

Die Träger zogen die Trageschlaufen aus der Grube herauf und traten wie Statisten von der Bühne ab.

Der Geistliche sprach.

Bielmeier weiß nicht mehr, was der Pfarrer in seiner Grabrede alles gesagt hat. Es war jedenfalls von der Barmherzigkeit Gottes die Rede. Sie werde selbst jenem nicht verwehrt bleiben, der dieses junge Menschenleben auslöschte, hieß es so oder so ähnlich. Und er, Bielmeier, stand hinter Bäumler wie betäubt.

Er muß irgendwie geistig weggetreten gewesen sein, sonst hätte er wahrscheinlich diese Minuten nicht durchgestanden. Irgendwann spürte er dann einen Stoß in die Seite.

Es war Agnes.

Er schreckte auf, trat an das Grab heran, griff in eine bereitgestellte Blütenschale und warf, wie es der Brauch ist, drei Nelken auf den Sarg hinab. Dann trat er zurück und reihte sich bei den anderen ein.

Später entdeckte er vier Lederjacken. Sie drückten sich bei den Trauergästen aus Buchenbühl herum und unterhielten sich mit verschiedenen Leuten. Einer von ihnen hatte eine rote Löwenmähne. Einmal war es, als deute man auf ihn herüber. Es konnte aber auch Täuschung gewesen sein.

Inzwischen nahm Bäumler die Kondolenzen der Trauergäste entgegen, die in einer Reihe, mehr oder weniger Anteilnahme heuchelnd, an ihm vorbeizogen.

Bielmeier verdrückte sich in den Hintergrund. Nach einer Stunde war alles vorbei – und er hat nie gewußt, daß eine Stunde das Maß einer Ewigkeit sein kann.

Jetzt findet er keinen Schlaf. Die Friedhofsszenen gehen ihm nicht aus dem Sinn. Er vergräbt sich unter der Decke und weint.

26. August
VIER TAGE DANACH

Samstag.
Morgens um acht erscheint Agnes Bielmeier verschlafen in der Küche. Ihr Gesicht ist leicht aufgedunsen und verknittert.

Sie glaubt ihren Augen nicht zu trauen.

Der Kaffeetisch ist gerichtet. Ein Korb mit frischen Brötchen ist serviert. Die Kaffeemaschine dampft. Ein feiner Duft von Bohnenkaffee liegt in der Luft.

Und mittendrin ihr Alter. Schon rasiert und angezogen. Und was sie besonders irritiert: Es ist heute nichts Schlampiges an ihm.

«Du, hör mal – was soll der Quatsch?» Sie glotzt ihn entgeistert an.

Er kümmert sich um die Kaffeemaschine und vermeidet es, sie anzusehen. «Was heißt hier Quatsch ... Kleine Überraschung, sonst nischt.»

«Ich glaub, du spinnst.»

«Das is alles, waste zu sagen hast?»

«Wundert dich das? Seit Jahren spielst du den Pascha, läßt dir tagaus und tagein das fertige Frühstück vor die Nase setzen, und jetzt ...»

Er bastelt noch immer an der Kaffeemaschine herum. «Da wär 'n Vorschlag, Lotti ...»

Sie setzt sich, löst ihre Lockenwickler aus dem Haar und betrachtet ihn von unten herauf. Ein ganz ferner Verdacht dämmert in ihr herauf. Aber den tötet sie sofort wieder, weil er ihr zu absurd erscheint.

«Ein Vorschlag?»

«Ich könnt dich doch, wenn ich Spätschicht hab, mit der Karre ins Geschäft fahr'n. Dann brauchste dich wenigstens früh nich mehr im Linienbus rumquetschen.»

Sie mustert ihn mißtrauisch. «Du, wenn das ein Witz sein soll, dann is es kein besonders origineller. Ich weiß nicht, das sieht mir alles bißchen nach schlechtem Gewissen aus.»

Er läßt die Kaffeemaschine nicht aus den Augen, als wäre sie jetzt das Wichtigste von der Welt. «Da haste nich mal so unrecht», druckst er herum.

«Hast du etwa wieder mal was verbockt?»

«Blödsinn.» Schon wieder steht ihm Schweiß auf der Stirn. «Ich hab mir eben so Gedanken gemacht ...»

«O weh, wenn du schon mal denkst!»

«Es is so, Lotti ... Das Unglück bei Bäumler hat mir verdammt zugesetzt. So schnell kann alles aus sein ...» Er stottert wie ein Schuljunge. «Und so sag ich mir, solang man noch miteinander lebt und gesund is, solang sollte man sich's doch 'n bißchen schön machen, bevor's zu spät is ... So hab ich mir's gedacht.»

Sie kennt ihren Alten nicht wieder. Jahrelang hat er sich ihr gegenüber verhalten, als wäre sie nur ein lästiger Einrichtungsgegenstand. Seine Gleichgültigkeit war schon fast entwürdigend. Und jetzt das hier ... Sie erhebt sich. «Bist du wirklich sicher, daß du nicht spinnst?»

Er lächelt ein wenig hilflos. «Is das denn so schwer zu verstehen?»

Sie ist irritiert. Sollte er möglicherweise doch ...? Aber sie glaubt, ihn besser zu kennen, als sich selbst: Gewiß, er ist kein Musterknabe, kein Charakterheld, den sich eine Frau als Trauscheingenossen wünscht. Er ist oft mies, ziemlich egoistisch, schaut gern anderen Schürzen nach, sieht in ihr praktisch nur die Schwester. Aber er hat auch ein paar gute Seiten. Man kann sie zwar an den Fingern einer Hand abzählen, doch immerhin: Er ist arbeitsam, zahlt brav mit bei der Schuldentilgung fürs Haus und hilft gelegentlich im Haushalt. Nein – ihr Alter ist ein Filou, aber auch nicht mehr.

Gewiß, sie hat manchmal beobachtet, wie gern er das junge Ding von nebenan gesehen hat; daß er Stielaugen bekam, wenn die Kleine mal im Badeanzug rumlief – doch welcher Mann schaut schon bei so was weg!

Agnes Bielmeier glaubt trotz seiner Fehler an ihn, zumal sie sich an die ihr immer wieder zugefügten Demütigungen schon längst gewöhnt hat. Es hat zwar mitunter Tage gegeben, da hat sie sich tief gekränkt gefühlt und sich vorgenommen, ihm das irgendwann einmal heimzuzahlen. Aber dann fügte sie sich und dachte: Er ist nun einmal so. Einen Menschen muß man nehmen, wie er ist. Aus.

Sie findet es jetzt fast rührend, wie er versucht, ihr zu beweisen, daß er auch anders kann. Sie gibt ihm einen versöhnlichen Klaps. «Na schön, ich will kein Spielverderber sein – mal sehn, wie lange du mit dieser Masche durchhältst.»

«Masche», knurrt er. «Euch Weibsbildern kannste einfach nischt recht machen.»

Um zehn fährt er mit dem Wagen zum Einholen. Agnes hat ihm aufgeschrieben, was er alles zu besorgen hat.

Im Supermarkt herrscht ziemliches Gedränge. Er schiebt den Einkaufskorb zwischen den Regalen entlang und sucht sich das notwendige Zeug zusammen: zwei Pfund Weizenmehl, ein Zweipfünder Kalchreuther Bauernbrot, drei Stück Butter, vier Tüten Vollmilch, zwei Stück Camembert, zwei Packungen Reis, Gemüse, Möhren, zwei Pfund Jonathanäpfel, ein Bund Bananen ... Wann war er eigentlich zum letztenmal einkaufen? Es muß in grauer Vorzeit gewesen sein. Er kann sich nicht mehr erinnern.

An der Registrierkasse stehen die Leute mit vollbepackten Korbwagen Schlange. Es geht nur schleppend voran.

In der Schlange bemerkt er einen Halbstarken mit Lederjacke und langer Mähne. Das Haar ist dunkel. Am Ärmel der Jacke sind zwei weiße Querstreifen. Die Haltung des Halbstarken ... Horst Mladek?

Es durchfährt ihn heiß. Hatte es nicht geheißen, der Bursche sei in Untersuchungshaft? Bielmeier kann seinen Schreck nur schlecht verbergen.

Eine alte Dame neben ihm fragt besorgt: «Ist Ihnen nicht gut?»

Er lächelt gequält und winkt ab.

Er verheddert sich beim Bezahlen. Mit fahrigen Fingern kramt er in der Geldbörse herum. Zwei Zwanzigmarkscheine fallen heraus. Er will sich danach bücken und stößt mit dem Kopf gegen den Einkaufswagen des Hintermannes.

Als er bezahlt und den gekauften Kram in zwei Plastiktüten verstaut hat, ist der Halbstarke verschwunden. Er hätte schwören können, daß es Horst Mladek war.

Haben sie ihn stillschweigend entlassen, weil es einen anderen Verdacht gibt? Einen anderen Verdächtigen?

Auf der Rückfahrt macht er bei einem Stehausschank halt und spült den Schreck mit Märzenbier hinunter.

Er blickt verstohlen durch das große Schaufenster auf die Straße hinaus, aber der Halbstarke taucht nicht mehr auf.

Neben ihm streiten sich zwei Biertrinker über die Frage, ob der Club absteigt, oder ob er sich in der Bundesliga halten kann.

Bielmeier trinkt sein Glas leer. Er überlegt, ob er sich noch eine Halbe genehmigen soll. Die vermeintliche Begegnung mit Mladek macht ihm zu schaffen. Er wittert dahinter einen Schachzug der Ermittlungsbehörde.

«Noch 'ne Halbe und einen doppelten Korn», hört er sich sagen.

Sein Blick schweift abermals durchs Schaufenster auf die belebte Straße hinaus. Da sieht er ihn: Auf dem gegenüberliegenden Gehsteig wartet ein graublauer Konfektionsanzug ... Das jagt ihm einen neuen Schreck ein: Ist das nicht einer von den beiden, die bei der Beerdigung ...

Sie beschatten ihn. Sie wollen ihn auf diese Weise kriegen. Sie können ihm nichts nachweisen, deshalb wollen sie ihn nervös machen. Damit er einen Fehler macht ... Das Glas in seiner Hand zittert.

Der Glatzkopf hinter der Theke, der sich wiederholt die Hände an einer schmuddligen Schürze abwischt, merkt es: «Is was nich in Ordnung, Nachbar?»

«Danke, alles okay.» Bielmeier hat das Gefühl, mit einer Fischgräte im Hals zu sprechen.

Er wartet noch zehn Minuten. Noch immer geht der Konfektionsanzug draußen auf und ab.

Bielmeier entschließt sich schweren Herzens zum Aufbruch. Er kann hier nicht übernachten. An der Tür zögert er abermals.

Der Glatzkopf hinter der Theke beäugt ihn mißtrauisch. Fast hätte er ein Bierglas fallen lassen.

Mit gesenktem Kopf läuft Bielmeier zu seinem Wagen, den er unweit vom Stehausschank am Gehsteigrand abgestellt hat. Er wirft einen scheuen Blick zu dem Konfektionsanzug hinüber.

In diesem Augenblick geht der Mann einer hübschen Blondine entgegen und begrüßt sie freudig. Arm in Arm schlendern die beiden zu einem roten Ford 17M und steigen ein. Der Wagen verschwindet in Richtung Stadtmitte.

Bielmeier fällt ein Stein vom Herzen.

Graublaue Konfektionsanzüge tragen viele, nicht nur bei der Kripo... Wahrscheinlich war das im Supermarkt auch gar nicht Horst Mladek. Sicherlich irgendein anderer Halbstarker. Sehen ja von hinten alle gleich aus, die Brüder.

Bielmeier klettert in seinen Wagen und fährt nach Hause.

Agnes steht in der Küche und kocht. Sie hantiert zwischen Töpfen, Schüsseln und Bratpfannen herum. Es riecht nach Bratenfett und Kloßteig.

Der Küchendunst löst bei ihm ein Ekelgefühl aus.

Früher war er stets bei Appetit und hat sich regelmäßig den Wanst vollgeschlagen. Seit wenigen Tagen bleibt ihm jeder Bissen im Halse stecken. Es kostet Mühe, nicht nach jeder Mahlzeit alles wieder auszukotzen... Heute gibt es Kalbsbraten und rohe Klöße. Ein Friedensangebot? Eine Belohnung? Es nützt alles nichts: Er muß den Fraß hinunterwürgen.

Er weiß nicht so recht, ob ihm Agnes seine neue Tour abnimmt. Aber sie tut wenigstens so.

Mutter Mladek steht in ihrem Tabaksladen und tastet wiederholt nach der Tasche ihres weißen Arbeitskittels. Ein zerknittertes Kuvert steckt darin. Es ist ein Brief von Horst. Heute vormittag ist er mit der Post gekommen. Er ist in der Untersuchungshaftanstalt in der Mannertstraße geschrieben worden.

Mutter Mladek hat ein verquollenes Gesicht vom vielen Weinen. Nächtelang hat sie wachgelegen und immer nur eines gedacht: SIE HABEN IHN EINGESPERRT.

Längst hat sich – nicht zuletzt dank der überaus taktvollen Presseveröffentlichungen – in der ganzen Nachbarschaft herumgesprochen, daß sie ‹die Mutter des Mädchenmörders› ist. Daß der Horst noch nicht verurteilt, daß noch nicht einmal Anklage erhoben ist – wen kümmert das schon? Aber so genau kennt sich Mutter Mladek da selber nicht aus. Sie hält sich ans Praktische.

Etliche Kunden sind schon ausgeblieben; beispielsweise der alte Gmehlich, der sich täglich drei Stumpen holte. Oder die Fröhlich, die immer regelmäßig vier Illustrierten kaufte. Die Lehrerin Dannhäuser, die allwöchentlich zwei Frauenzeitschriften und eine bestimmte Krüllschnitt-Marke für ihren Mann holte. Ganz zu schweigen von der jungen Sattler, die für ihre beiden Buben fleißig die neuesten Comic-Hefte und für sich mindestens drei Romanhefte erstand.

Mutter Mladek schließt den Laden um 13.00 Uhr.

Bei einem ersten Überschlag der Tageseinnahmen stellt sie fest: Schon wieder ein Umsatzrückgang um vierzig Prozent. Wie soll das weitergehen?

Ihr graues Haar ist ungepflegt. Sie achtet kaum noch auf ihr Äußeres. Sie hat für nichts mehr Interesse. Sie haben den Horst verhaftet. Das kann sie einfach nicht verkraften.

Sie steigt in die Wohnetage hinauf und betritt das Zimmer ihres Jungen.

Es erscheint ihr wie die Kammer eines Verstorbenen. Nur noch Spuren von seiner Existenz sind geblieben: die Poster an den Wänden, die Comic-Heftchen auf dem Wandregal, der kleine Tisch, auf dem das Modell einer Rennmaschine steht, das Transistorgerät, der Kassettenrecorder, die Liege mit der mexikanischen Tagesdecke, die Wandskizzen mit Motiven von einem Rodeo in Texas.

Sie setzt sich auf einen Schemel und holt den Brief aus der Tasche. Sie kennt ihn schon auswendig. Die Schrift ist ungleichmäßig, auch einige orthographische Fehler haben sich eingeschlichen.

Liebe Mutter,
jetzt bin ich schon vier Tage in diesem Bau, wo ich doch nichts getan habe. Warum glauben es die mir denn nicht. Keiner glaubt mir. Du glaubst mir aber bestimmt, Mutter. Ich weiß es.
Nachts ist es hier kühl. Meine Socken sind auch kaputt.
Kannst mir vielleicht paar neue bringen. Kannst mir vielleicht auch einen Mohnkuchen bringen, den wo du immer so gut backen tust.
Mutter, hier ist es so einsam. Brauchst Dir trotzdem keine Sorgen machen. Bin ja unschuldig. Und wer unschuldig ist, müssen die ja wieder rauslassen. Kannst mir den Mohnkuchen bringen, den wo ich so gern mag?

Gruß
Dein Horsti

Mutter Mladek faltet den Brief langsam wieder zusammen. Ihre einzige Hoffnung heißt Dr. Holm-Strattner. Sie war gestern in seiner Kanzlei. Er wird das Mandat als Strafverteidiger übernehmen.

Sie weiß, daß das teuer werden kann. Aber das ist ihr gleichgültig –

und wenn ihre gesamten Ersparnisse draufgehen. Der Horst darf nicht unschuldig verurteilt werden.

Daß er unschuldig ist, das ist für sie keine Frage.

Samstag 14.30 Uhr

Obwohl sich der Himmel leicht eingetrübt hat und es ein wenig nach Regen riecht, machen sie einen Rundgang durch den Wald.

Agnes Bielmeier trägt ein Jägerkostüm. Der Rocksaum reicht ihr bis zu den Kniekehlen. Die Waden sind gegenüber ihren Fußgelenken zu dick geraten. Sie hat keine Beine, nach denen sich Männer umdrehen. Das farblose Haar trägt sie gelockt – ein wenig zu sehr gelockt. Was die Frisur betrifft, erinnert sie an einen Pudel.

Bielmeier hat sich ihrem Vorschlag gefügt und folgt ihr unlustig. Er trägt einen hellen Safarianzug und hat sich vorsichtshalber einen Knirps unter den Arm geklemmt.

Sie erreichen den Wald und marschieren auf einem schmalen Pfad entlang, der quer durch den Forst führt. Agnes redet viel. Sie erzählt von irgendwelchen Urlaubserlebnissen einer Geschäftskollegin, die vier Wochen auf Teneriffa war und Ärger mit der Unterkunft gehabt hat.

Er hört gar nicht mehr hin, wirft nur ab und zu eine knappe Bemerkung ein und läßt die Alte weiterquasseln.

Sie erreichen einen anderen Pfad, der ihren Weg kreuzt.

«Komm, hier lang!»

Die Rolle, die er übernommen hat, erlaubt ihm keine Widerrede. Ist ja auch ganz egal, wo sie weitergehen. Der Fichtenbestand ist hier ziemlich dicht. Es riecht nach vermodertem Moos und Harz.

Und die Alte plappert unentwegt weiter. Er haßt sie in diesem Augenblick.

Ein junges Paar kommt ihnen entgegen. Die Frau ist rotblond und trägt ein Sommerdirndl mit einem aufregenden Dekolleté. Tolle Figur. Und erst ihre Beine! Neidvoll blickt er ihr nach. Die alte, in den letzten Tagen verschüttet gewesene Sexgier flammt minutenlang wieder auf. Er nimmt sich vor, demnächst wieder einmal eine Peep-Show zu besuchen. Da kann er sich an jungen, gutgewachsenen Mädchen sattsehen. Für wenige Mark ... Doch dann tötet die alte Angst wieder die neue Regung. Möglicherweise wird er nicht mehr dazu kommen.

Wieder einmal überfällt ihn eine Depression. Er tritt hinter ein Gebüsch und schlägt sein Wasser ab. Dann folgt er wieder Agnes, die schon ziemlich weit voraus ist.

Halt!

Hat nicht jemand seinen Namen gerufen? Er blickt zurück.

Eine hagere Gestalt taucht zwischen den Bäumen auf. Ein Mann. Er trägt dunkle Kleidung und winkt Bielmeier zu ... Bäumler.

Bäumler kommt näher. Er ist etwas außer Atem. Er tut ein wenig verlegen. Was soll das nun wieder, denkt Bielmeier.

Bäumler entschuldigt sich. Er habe die Bielmeiers fortgehen sehen und würde sich nun anschließen. Er brauche Bewegung und frische Luft. Das leere Haus sei ihm unerträglich ... Wenn es erlaubt sei?

Agnes, die kehrtgemacht hat, bekommt ihren mitleidigen Dackelblick. Sie begrüßt Bäumler mit einem Wortschwall. Selbstverständlich könne er ... Das sei doch keine Frage ... Da braucht er sich doch nicht zu entschuldigen ... Man habe ihn sowieso fragen wollen, ob er nicht ... Aber man will ja nicht stören, nicht aufdringlich sein ...

Bielmeier nickt dazu, obwohl es eine Lüge ist, was sie quatscht. Er mißtraut Bäumler.

Bäumler, der sich immer zurückhaltend gab und stets den Standesunterschied zumindest andeutungsweise ein bißchen herauskehrte, biedert sich nun auf diese Weise an? Das paßt nicht zu seinem Wesen. Auch nicht unter dem Gesichtspunkt, daß er vor kurzem seine Tochter verloren hat.

Agnes geht voran. Der Weg führt durch eine Fichtenschonung. Die beiden Männer folgen langsam. Bäumler spricht über Belanglosigkeiten. Erst als Agnes außer Hörweite ist, sagt er unvermittelt:

«Übrigens, um auf unser Gespräch neulich nachts zurückzukommen: Es könnte doch wirklich möglich sein, daß man hinter einem Unschuldigen her ist ...»

In Bielmeiers Gehirn schrillt eine Alarmglocke. Aber er läßt sich nichts anmerken. «Noch immer Zweifel?» knurrt er verdrießlich.

Bäumler zuckt die Achseln. «Wissen Sie, Sentas Ende hat mich halb wahnsinnig gemacht. Aber ich bin nicht der Typ, der Sühne um jeden Preis verlangt. Schon gar nicht auf Kosten eines Unschuldigen.»

Bielmeier hustet. Er braucht Zeit, um sich zu sammeln. «Soviel in der Zeitung gestanden hat, is die Sache doch klar, Bäumler», sagt er endlich. «Die von der Kripo, das sind doch keine Stümper. Die müssen es doch wissen.»

«Es wäre nicht der erste Justizirrtum.»

«Bestreit ich nicht, Bäumler, aber ... Sehnse mal, hier liegt doch die Geschichte ganz anders.»

Bäumlers Gesicht ist ohne Farbe. Es ist, als wäre es noch hagerer geworden. Der Mann ist deutlich gezeichnet.

«Heute nacht ist mir noch etwas eingefallen», sagt er. «Ich müßte es eigentlich der Kripo melden. Aber ich möchte, daß wir erst mal drüber sprechen und uns die Sache anhören. Wenn nichts dran ist, können wir's vergessen ... Einverstanden?»

«Anhören?» Bielmeier zupft einen Fichtenzweig ab und zerkleinert ihn mit nervösen Fingern. «Verstehe ich nicht ... Was denn anhören? Und wozu brauchense da mich?»

«Nun, sagen wir mal – als Zeugen dafür, daß ich keine Beweismittel unterschlage.»

«Beweismittel?» Was hat der da wieder ausgeheckt?

Agnes erwartet die Männer an einer Wegabzweigung. Bäumler fragt drängend: «Morgen abend bei mir, ja? Sagen wir, so gegen zwanzig Uhr?» Er hat halblaut gesprochen; Agnes hat nichts mitbekommen.

Bäumlers merkwürdige Andeutungen gehen Bielmeier den ganzen Tag nicht mehr aus dem Kopf. Ist sein wahrer Gegner gar nicht die Polizei? Ist es Bäumler selbst?

27. August

Fünf Tage danach

Sonntag, 19.50 Uhr. Bielmeier läutet bei Bäumler.

Er ist hundemüde. Er hat eine Tageswanderung in die Fränkische Schweiz hinter sich. Er war mit seinem Wanderclub ‹Edelweiß› unterwegs. Er hat sich davor drücken wollen, aber seine Alte, die Nervensäge, hat auf Teilnahme bestanden. Mit Bundhosen, roten Wadenstrümpfen und Regenumhängen war man bis Gräfenberg gefahren und von dort aus zu Wandertouren ausgeschwärmt. Um 19.00 Uhr waren sie glücklich wieder daheim.

Bielmeier war einsilbig mitgelatscht. Den ganzen Tag hat er gegrübelt, was Bäumler wohl im Schilde führt. Die Ungewißheit zermürbte ihn.

Er hätte einfach absagen können. Irgendeine Ausrede, und die Sache wäre erledigt gewesen. Aber Bäumler hätte sich womöglich einen Vers darauf gemacht ...

Er läutet noch einmal.

Erst nach fast zwei Minuten wird geöffnet. Bäumler entschuldigt sich. «Ich war ein bißchen eingeknickt ...»

Er trägt einen dunklen, seidenen Hausmantel. Seine distanzierte Haltung erscheint Bielmeier heute wieder ausgeprägter. Der Teufel soll diesen Menschen verstehen...Bielmeier wird in das Wohnzimmer geleitet. Er hat ein flaues Gefühl in der Magengegend.

«Einen Cognac?» fragt Bäumler.

Bielmeier nickt roboterhaft. Eine unterschwellige Angst kommt in ihm auf. Ich sollte abhauen, denkt er; so schnell wie möglich abhauen...

Auf dem Tisch liegt ein aufgeschlagenes Buch. Bielmeier liest mechanisch: *Als er vorsichtig die zerschossene Mauer herabgeklettert war, stieg Netschwolodow in den Keller hinab. Sein langer Schatten begleitete ihn auf dem Gewölbe der Kellertreppe. Er hockte sich unten vor einer Kerze hin und schrieb auf den Knien an den Divisionskommandeur*...Bißchen dick für ein Landserheft, denkt Bielmeier.

Bäumler kommt mit zwei Cognacschwenkern zurück. Einen reicht er Bielmeier. «Zum Wohl», prostet er ihm zu.

Die Stehlampe verbreitet ein vages Licht. So erscheint es jedenfalls Bielmeier. Die ganze Atmosphäre behagt ihm nicht.

Bäumler deutet auf den dicken Wälzer: «Solschenizyn, ‹August Vierzehn›...Ich mag russische Literatur.»

Bielmeier denkt, was soll'n das Gerede – ich les eben meine Wildwestheftchen.

Bäumler schenkt Cognac nach und kommt endlich zum Thema: «Es geht um Sentas Tonbänder – genauer, um ihre Tonbandkassetten. Sie hat nämlich...» Er unterbricht sich, als müsse er einen flüchtigen Schwächeanfall überwinden. «Sie hatte nämlich die Angewohnheit, wenn sich bei ihr eine kleine Clique von Freunden und Freundinnen eingefunden hatte oder wenn sie sonst von einer Bekannten besucht wurde, heimlich den Kassettenrecorder auf Mitschnitt einzuschalten. Nachher bereitete es ihr einen Heidenspaß, das Band ihrem Besuch vorzuspielen, um deutlich zu machen, was da so an Blödsinn geredet worden war...»

Bielmeier kapiert noch immer nicht, worauf der andere hinauswill.

Bäumler lächelt flüchtig. «Sehen Sie, Bielmeier», fährt er mit seiner eigenartig behutsamen Stimme fort und stellt die Cognacflasche betont umständlich in die Hausbar zurück, «da ist mir der Gedanke gekommen, ob Senta nicht...Ich meine, ob sie nicht auch an dem Tag, als der Mörder kam...»

Bielmeier dämmert es allmählich. Seine Haltung wirkt verkrampft. Bäumler scheint nicht auf ihn zu achten. Er spricht weiter:

«Es könnte doch sein – gehen wir davon aus, daß Mladek der Täter ist –, daß Senta auch bei seinem Besuch heimlich das Band auf Mitschnitt geschaltet hat, ohne daß er es merkte. Wenn dem so gewesen ist, müßte der ganze Ablauf bis zur Tat akustisch aufgezeichnet worden sein!»

Bielmeier hat sich eisern in der Gewalt. Irgendwie gelingt es ihm sogar, Interesse zu heucheln: «Das is 'n Ding...» Er zerrt sein Taschentuch heraus und schneuzt sich umständlich. «Es is nur... Ich meine, da kommense aber ziemlich spät drauf. Wieso eigentlich?»

«Tja, das habe ich mich auch schon gefragt, Bielmeier.» Er legt seine Hand über die Augen. «Sie müssen verstehen – der erste Schock nach Sentas Tod ...Das Unfaßbare ... Ich habe Tage gebraucht, um mich einigermaßen wieder zu fangen. Wer denkt da schon an solche Nebensächlichkeiten? Erst in einer der schlaflosen Nächte ist es mir eingefallen.»

Schweigen.

«Und?» Bielmeier hält seine Rolle durch. Er wundert sich selbst, aber er hält durch. «Wo sind die Tonbänder?»

«Kommen Sie!» Bäumler geht voran.

Bielmeier folgt. Er trampelt, immer noch in Wanderstiefeln, die Treppen hinauf. Bäumler führt ihn in Sentas Zimmer. Vor zwei Tagen hat die Kripo die Siegel entfernt.

Bäumler ist irgendwie andächtig geworden. Seine Miene hat einen maskenhaften Ausdruck bekommen. Bielmeier drückt sich an der Tür herum und verflucht seine Schweißausbrüche.

In dem Zimmer liegt alles an seinem Platz. Es wirkt aufgeräumt und adrett, als wäre in diesen vier Wänden nie etwas Schlimmes geschehen.

Aber jeder Gegenstand erinnert an Senta – die Poster an den Wänden, die Liege mit den bunten Kissen und den Stofftieren, das kleine Plattenstudio (dessen Tonarm noch nicht repariert worden ist), das Bücherbord, das Tischchen mit der kleinen Stehlampe, die Schafsfelle auf dem Fußboden, die Puppenzimmergardine am Fenster...

Es gibt noch eine Deckenleuchte, ein kleines dreiarmiges Gehänge mit blütenartigen Becherschirmen aus Glas. Diese Deckenleuchte hat Bäumler eingeschaltet.

Er nimmt den Kassettenrecorder vom Bücherbord und legt eine Kassette ein. Eine von vieren, die er schon bereitgelegt hat.

Er stellt den Recorder auf das Tischchen, zögert, sieht seinen Gast kurz an und drückt dann auf die Taste.

Beide starren auf das Gerät. Freilich jeder mit unterschiedlichen Erwartungen. Eine eigenartige Spannung kommt auf. Eine feindselige Atmosphäre breitet sich zwischen den beiden Männern aus.

Schrilles Mädchengekicher. Auch Musikfetzen einer Pop-Platte sind herauszuhören. Und immer wieder Sentas Stimme. Die Stimme einer Toten ... Bielmeier möchte sich am liebsten die Ohren zukleistern. Er fühlt sich von Bäumler beobachtet.

Doch er hat sich nach wie vor unter Kontrolle. Er nickt teilnahmsvoll. Sporadisch wischt er sich über die Stirn. Sein Taschentuch ist schon ein feuchter Lappen.

Bäumler legt die zweite Kassette ein. Zunächst Stille. Die ersten Meter sind unbespielt. Dann kommen Geräusche. Gläser klirren; Gelächter, Musik, Stimmengewirr. Offenbar der Mitschnitt einer Geburtstagsparty. Sonst nichts.

Die dritte Kassette ...

Bielmeier kommt das Ganze vor wie russisches Roulette – er weiß nicht, ob der Hammer auf die scharfe Patrone fällt oder nicht.

Wieder nur Blabla, Popmusiksalat – und Sentas Stimme.

«Die letzte», sagt Bäumler. Er wirft einen raschen Blick zu Bielmeier und konzentriert sich erneut auf das Gerät.

Es beginnt mit einigen Nummern im Glenn-Miller-Sound: *Moonligtht serenade*, *Little Brown Jug* und schließlich *Chattanooga Choo Choo*. Dann eine Leerstelle. Zuletzt wieder Sentas Stimme und die eines Mädchens namens Hedi – ein Gedankenaustausch über Disco-Bekanntschaften. Namen werden genannt; auch der Name Horst Mladek fällt ... Aus.

Bäumler schaltet ab. Er richtet sich auf und lächelt verkrampft. «Nichts – leider. Es war eben nur ein Versuch.»

Bielmeier hört nur zu genau die Zweideutigkeit aus seiner Bemerkung heraus. Seine Erleichterung läßt er sich natürlich nicht anmerken. «Schade», heuchelt er Bedauern. «Es wäre 'ne Möglichkeit gewesen.»

Sie stehen sich steif gegenüber. Bäumler räuspert sich.

«Jedenfalls besten Dank für Ihre Geduld.» Es klingt wie Hohn.

«Keine Ursache, Bäumler.» Bielmeier verabschiedet sich. Er achtet darauf, daß es nicht zu hastig geschieht.

Bäumler entläßt ihn an der Haustür höflich, aber kühl.

Nachdenklich geht er in seine Einsamkeit zurück. Er wird nicht schlau aus Bielmeiers Reaktionen. Jedenfalls war es ein Versuch ... Die Kassettenbänder sind ja schon längst von der Kripo überprüft und wieder freigegeben worden. Und dann ist er auf die Idee gekommen, einmal zu testen, wie sein Nachbar auf das Spiel mit den Bändern reagiert ...

Er findet, es ist ein Schuß ins Leere gewesen. Dennoch ist dieses Kapitel für ihn nicht abgeschlossen. Noch lange nicht.

21.40 Uhr.
Agnes Bielmeier sitzt noch vor dem Fernsehapparat und knabbert Kekse. Sie muß immer etwas in sich hineinstopfen.

Bielmeier möchte ihr jetzt nicht unter die Augen treten. Er muß erst die überstandene Tortur bei Bäumler verkraften.

Sie merkt es zunächst gar nicht, daß er wieder im Haus ist. Es läuft ein Film: ‹Der letzte Zug von Gunhill›. Eine Wiederholung, wie üblich im Sommerprogramm.

Bielmeier ist im Bad. Er hält den Kopf unter den kalten Hahn und prustet wie ein Nilpferd.

Er hat eine Stinkwut auf Bäumler.

Er hat ihn früher einigermaßen gut leiden können, obwohl der andere stets irgendwie durchblicken ließ, daß er einer besseren Gehaltsklasse angehört und ihm, Bielmeier, geistig überlegen ist.

Doch jetzt mag er nicht mehr. Die Geschichte eben mit den Tonbändern war eine Zumutung ... Bielmeiers Logik ist umwerfend. Er hat Bäumlers Tochter getötet und beklagt sich auch noch über ihren Vater. Aber das wird ihm in seiner Situation schon nicht mehr richtig bewußt.

Agnes überrascht ihn mit einer Mitteilung:

«Du, da war eben so 'n komischer Anruf...»

«Was für 'n Anruf? Hat dir einer Schweinereien...»

«Nee, nicht was du meinst. Da wollte einer wissen, ob du bei einer Bürgerinitiative mitmachst ... Es geht um eine Protestaktion gegen den Fluglärm in der Einflugschneise des Flughafens, hat er gesagt.»

«Die soll'n mich mal kreuzweise.»

«Der wollte bei der Gelegenheit noch was wissen: Ob du bei einem Verein bist, und wenn ja, bei welchem. Und außerdem, wo du arbeitest.»

Er macht eine Bierflasche auf. Die Alte ist ihm in die Küche nachgekommen und redet weiter auf ihn ein:

«Ich hab gesagt, du bist bei den ‹Edelweißern›, die sich jeden Mittwoch in der ‹Goldenen Traube› treffen, und daß du als Pförtner bei...»

Bielmeier hört nur mit halbem Ohr hin. Er hat andere Sorgen. Und er kann nicht ahnen, welche Folgen dieser Anruf für ihn haben wird. Er hat sich auf die Wohnzimmercouch geworfen und döst vor sich hin. Fürs Fernsehen ist er jetzt nicht in Stimmung, trotz Western.

Nur allmählich klingt seine innere Erregung ab. Bäumler hat ihm mehr zugesetzt, als er wahrhaben will.

Er mustert Agnes von der Seite. Sie schaut in die Röhre und knabbert ahnungslos Kekse.

Er grübelt: Wie würde sie reagieren, wenn sie wüßte, daß er die kleine Senta auf dem Gewissen hat? Würde sie ihm gleich die Polizei auf den Hals hetzen? Oder würde sie ihn zu decken versuchen? Würde sie zu ihm halten, mit ihm gemeinsam die Sache durchstehen?

Es wird ihm klar, wie wenig er nach all den Jahren von dieser Frau weiß. Von seiner Frau ... Er hat sich ja auch nie die Mühe gemacht, sie kennenzulernen. Sie ist eben dagewesen – genau wie eine Möbeleinrichtung. Sie arbeitet, sorgt für den Haushalt, putzt ihm den Dreck weg – für ihn bisher alles Selbstverständlichkeiten.

Würde sie ihn fallenlassen, wenn sie wüßte ...?

30. August
ACHT TAGE DANACH

Mittwoch.

Der Abend ist herbstlich kühl. Schon fast ein Dauerzustand in diesem verregneten Sommer. Bielmeier parkt seinen Kadett vor der ‹Goldenen Traube›.

Im Nebenzimmer der Wirtschaft hängt schon ein dicker Mief. Bielmeier zwängt sich in das vollbesetzte Lokal und klopft mit der Faust auf die nächstbeste Tischplatte. Das ist der übliche Vereinsgruß. Die Unterhaltung ist laut. Einige Frauen lachen schrill. Luise Hölzl ist nicht da. Schade. Er vermißt sie.

Neben der Tür ist ein Bildwerfergerät aufgebaut. An der Stirnseite des Raumes hat man eine Leinwand angebracht. Auf der Tagesordnung steht: *Ein Lichtbildervortrag unseres Wanderfreundes Gabriel Ludwig:* ‹*Sommerwanderungen in den Dolomiten*›.

Bielmeier bestellt sich eine Maß Bier.

Die Wirtin, eine spindeldürre Wachtel, kommt kaum zwischen den Tischen hindurch. Einer ruft: «Was is'n mit meinem Wurstsalat?» Sie sammelt leere Bierkrüge ein. «Ja doch, gleich. Nur Geduld, Leut!»

Bielmeier muß sich hier sehen lassen. Er ist Beisitzer im Vorstand. Er kann sich schlecht drücken ... Manchmal wird es unerträglich laut. Sporadisch wird der allgemeine Lärm von einem bellenden Gelächter überlagert. Man erzählt sich Witze.

Bielmeier lacht mit. Keiner merkt, wie verkrampft sein Lachen ist. Mit einer halben Stunde Verspätung geht es los. Das Licht wird abgeschaltet, und Gebirgspanoramen erscheinen auf der Leinwand. Bielmeier gähnt.

Kurz vor 23.00 Uhr kann er endlich abhauen. Die frische Nachtluft schlägt ihm wohltuend ins Gesicht.

Er geht zum Parkplatz vor dem Lokal. Ein paar Leute folgen ihm, darunter der Zehenter, ein knorriger Naturaposteltyp, und die Eheleute Balbierer, die ebenso wie jener das ganze Jahr an den Wochenenden in Bundhosen und Anorak unterwegs sind und schon alle Fluren, Wälder und Felder Frankens bis zum letzten Winkel kennen. Man verabschiedet sich und setzt sich dann ab – einige per pedes, andere mit ihren Autos. Auch ein Wanderfreund braucht schließlich mal einen fahrbaren Untersatz.

Bielmeier weiß nicht, daß er schon erwartet wird. Drüben im Schatten einer Toreinfahrt stehen drei Lederjacken. Sie hocken grätschbeinig auf ihren chromblitzenden Feuerstühlen und tragen Schutzhelme mit herabgelassenen Visieren. Ein vierter hat sich in einer dunklen Ecke unmittelbar vor dem Lokal postiert.

Als Bielmeier in seinen Wagen klettert, blendet der vor dem Lokal kurz den Scheinwerfer auf. Ein Zeichen für die anderen in der Toreinfahrt.

Aber davon merkt Bielmeier nichts. Er hat an diesem Abend sechs Maß Bier konsumiert. Wenn ihn eine Funkstreife kontrollieren sollte, wird er seinen Führerschein los.

Unsicher steuert er seinen Wagen durch die Eschenauer Straße in die Ziegelsteinstraße in Richtung Bierweg und biegt unweit von St. Georg nach links ab. Vier Maschinen – in der Formation gestaffelt zwei und zwei – folgen ihm.

Er bemerkt zwar im Rückspiegel die abgeblendeten Scheinwerfer, denkt sich aber nichts weiter dabei. Er hat schwere Augenlider. Er ist müde. Die psychischen Strapazen der letzten Tage fordern ihren Tribut.

Nachdem er die enge Schleife beim Schwendengarten passiert hat, wird er ganz knapp von zwei Maschinen überholt, die sich vor seinen Wagen setzen. Es sieht jetzt so aus, als würde er von vier Maschinen eskortiert. Die Gesichter der Lederjackenmänner sind unter den Schutzhelmen nicht zu erkennen. Die vier bleiben anonyme Phantomfahrer.

Kurz nach dem Übergang der Gräfenberger Bahnlinie blockieren die zwei vor dem Wagen die Fahrbahn. Bielmeier erkennt plötzlich die

Gefahr. Zwei grell aufgeblendete Scheinwerfer nehmen ihm die Sicht. Ihm bleibt nur eine Möglichkeit: nach rechts in den Buchenbühler Weg abzubiegen.

Und genau das haben die vier erreichen wollen. Um diese Zeit ist es hier einsam. Es ist kaum noch Verkehr. Es ist eine Stadtrandgegend mit Büschen und Bäumen.

Bielmeier tritt die Bremse. Jetzt versperren ihm alle vier Maschinen den Weg. Vier grelle Scheinwerfer blenden ihn. Lemurenhaft heben sich die Gestalten mit den klobigen Astronautenhelmen in der Dunkelheit ab.

Noch bevor Bielmeier begreift, was los ist, stehen zwei Figuren neben seinem Wagen, reißen die Fahrertür auf, zerren ihn aus dem Kadett und stoßen ihn zu Boden. Während einer der vier an der Abzweigung Kalchreuther Straße/Buchenbühler Weg Schmiere steht, wird Bielmeier von den anderen auf dem Seitenweg fertiggemacht.

Eine Serie von Schlägen prasselt auf ihn ein. Er rollt sich zusammen und schützt seinen Kopf mit den Armen. Er versucht um Hilfe zu rufen, aber nach einem Tritt in die Magengrube bleibt ihm die Luft weg. Nur ein dumpfes Stöhnen bringt er heraus. Er weiß nicht, wie lange er so traktiert wird. Schmerz vernebelt sein Hirn.

Kein Wort fällt. Alles rollt wie in einem Stummfilm ab. Und dann, irgendwann, ist der Spuk vorbei. Sind es Minuten gewesen oder nur Sekunden?

Es gelingt ihm, sich halb aufzurichten. Er ist allein. Etwa zwei Meter von ihm entfernt steht sein Wagen. Mit offener Fahrertür und abgeblendeten Lichtern.

Bielmeier versucht hinzukriechen. Aber es tut ihm alles weh. Er tastet nach seinem Hinterkopf und fühlt warme Feuchtigkeit an seiner Hand. Das rechte Bein kann er kaum bewegen. Keine Kraft in den Armen. Im rechten Schultergelenk sitzen hundert Nadeln, die ihn martern, wenn er sich bewegt.

Er beißt sich vor Wut und Schmerz die Unterlippe wund. Dann sackt er zusammen.

Hilflos bleibt er liegen.

Zehn Minuten später feiern die Löwenmähne Scharli und sein Anhang in der ‹Arche Noah› ihre Heldentat.

«Der Scheißkerl hat's nich anders verdient, die krumme Sau! Was macht er so 'nen Scheiß und hetzt dem Bronco die Bullen auf den Hals?» Das ist die Parole des Abends.

Der Schwede bewundert Scharli: «Klasse, wieste herausgekriegt hast, daß der Typ immer mittwochs bei den Vereinsmeiern in der ‹Traube› sitzt ... Das mit dem Anruf und dem Quatsch von wegen Bürgerinitiative und Fluglärm – Mann, da muß einer erst mal draufkommen!»

Sie hocken in einer Nische und haben ihre Schutzhelme unter dem Stuhl abgestellt.

«Ob der uns erkennen konnte?» fragt das Babygesicht.

«Mach dir nich gleich in die Hosen, du Gartenzwerg. Die Kennzeichen an unseren Raketen war'n mit Klopapier getarnt, und durch die Sehschlitze der Töpfe erkennt nich mal der Bundeskanzler seine Großmutter ...»

«Genau!» nicken die anderen beifällig.

«Aber auf'm Friedhof bei der Beerdigung, da hatter uns gesehn. Haste vergessen, Scharli, wie du dich bei den Typen erkundigt hast, welcher von den Opas am Grab der Nachbar von dem Bäumler is?»

«Vergiß es.» Scharli zieht eine Grimasse. «Keiner kann uns was anhängen. Und nu leg endlich 'ne andere Platte auf!»

Mensch, der Scharli, das is 'ne Wucht, da kannste noch was lernen von dem Typ; das is 'ne Wolke ... Es lebe Scharli, die Löwenmähne!

Um 23.30 Uhr findet eine Funkstreife den hilflosen Bielmeier.

Er redet von einem Überfall. Vier Halbstarke mit Motorrädern – mehr weiß er nicht.

Die Beamten fahren seinen Kadett zur Seite und sichern den Wagen. Dann bringen sie Bielmeier in die Unfallklinik.

Man behandelt ihn ambulant. Die Verletzungen sind nicht so schlimm, als es ursprünglich den Anschein hatte. Sie nähen die Platzwunde am Hinterkopf, verpassen ihm ein paar Verbände und schicken ihn wieder heim.

Bei den Polizeibeamten der Funkstreife hat er gleich Anzeige gegen Unbekannt erstattet. Aber er macht sich keine Hoffnung, daß dabei etwas rauskommt. Außerdem will er sowenig wie möglich mit der Polizei zu tun haben.

Um 01.15 Uhr bringt ihn ein Taxi nach Hause.

Bei der ganzen Geschichte hat er im Grunde genommen noch Schwein gehabt – das kommt ihm erst nachträglich richtig zu Bewußtsein: Die Funkstreife ist nicht auf die Idee gekommen, ihn ins Röhrchen blasen zu lassen. Demzufolge ist auch ein Bluttest im Krankenhaus unterblieben. Führerschein gerettet!

Seine Alte erwartet ihn schon. Er hat aus der Klinik angerufen und Bericht erstattet. Sie betrachtet ihn mit ihren Kuhaugen und schlägt die Hände zusammen.

«Mein Gott, siehst du aus!»

Er schnauzt sie gereizt an: «Nu fang du nich auch noch an!»

Sie weiß nicht, was sie von der Geschichte halten soll. Sie ist zwar in mancher Beziehung einfältig, doch ansonsten hellhörig und kritisch. Sie wird mißtrauisch.

Sie hilft ihm beim Ausziehen. Bei jeder Bewegung stöhnt er.

«Paß doch auf!» fährt er sie an.

Allmählich wird sie sauer. «Stell dich doch nicht so an – schließlich biste ja ein Mannsbild.»

«Danke für den Hinweis!»

Sie mustert ihn aufmerksam. «Ich frag mich, Konrad, was mit dir los ist.»

«Spinnst du? Was soll'n los sein. Verdroschen hamse mich, die verdammten Halbstarken!»

Sie winkt ab. «Das mein ich nicht. Ich rede von deiner neuen Masche – von wegen Besinnung auf ein besseres Zusammenleben und so, weil das Leben so kurz ist ... Ist es wirklich nur wegen dem kurzen Leben? Könnte das nicht einen anderen Grund haben, Konrad?»

Für Sekunden vergißt er seine Schmerzen. «Wie meinste'n das?» fragt er perplex.

«Denk mal darüber nach.» Sie läßt ihn stehen und verschwindet im Schlafzimmer.

Bielmeier denkt, ich sollte doch am besten einen Strick nehmen. Dann wären alle Probleme mit einem Schlag gelöst ...

Aber dazu gehört Mut.

31. August

NEUN TAGE DANACH

Donnerstag.

Bielmeier hat sich krank gemeldet. Er sitzt den ganzen Tag zu Hause herum und weiß nicht, wie er die Zeit totschlagen soll. Er hat eine Sauwut auf Gott und die Welt.

Die Prellungen schmerzen heute noch heftiger.

Es kann Tage dauern, bis das nachläßt, haben sie schon in der Klinik gesagt.

Um neun kommt die Post. Zwei Vorladungen, adressiert an ihn und an Agnes.

Es heißt, man habe sich am Montag, dem 4. September, um neun Uhr, auf dem Polizeipräsidium am Jakobsplatz wegen einer Protokollierung in der Ermittlungssache gegen Horst Mladek einzufinden.

Bielmeier muß sich setzen. Er starrt auf die Vorladungen, als wären es Todesurteile. Was kommt noch alles auf ihn zu?

Er ruft Agnes im Geschäft an und sagt ihr Bescheid. Sie bagatellisiert die Geschichte. «Das war doch zu erwarten. Die müssen nur noch unsere mündlichen Aussagen protokollieren – doch klar!»

Er kann ihr nicht sagen, was das für ihn bedeutet. Er wollte, er könnte es. Er möchte wenigstens einmal nur sich von seinem Gewissensdruck befreien.

Agnes kann kaum ein Wort verstehen. Seine Stimme klingt brüchig. Das ist nicht zu überhören. Sie versucht, den ekelhaften Verdacht zu verdrängen, der ihr gestern wieder gekommen ist. Aber er setzt sich in ihr fest, läßt sich nicht mehr abschütteln ... Zerstreut arbeitet sie weiter.

Für Bielmeier vergeht der Tag quälend langsam. Er versucht zu schlafen – vergeblich. Er liest einige Seiten in dem Wildwestschmöker ‹Einsam unter Höllenreitern›. Einsam wie ein ausgestoßener Revolverheld fühlt auch er sich.

Mittags braut er sich eine kochfertige Erbsensuppe zusammen und stochert dann lustlos mit dem Löffel in der grünen Brühe herum. Die Hälfte schüttet er in den Ausguß. Den Nachmittag versucht er zu meistern, indem er Bier und Schnaps durcheinandersäuft.

Gegen drei kommt Bäumler aus dem Geschäft nach Hause. Bielmeier beobachtet es vom Terrassenfenster aus. Er verbirgt sich hinter dem Store.

Er hat mit ihm seit Tagen nichts gesprochen. Er geht ihm aus dem Weg. Bäumler bleibt ebenfalls zurückhaltend, ohne allerdings seine sterile Freundlichkeit den Bielmeiers gegenüber vermissen zu lassen.

Bielmeier muß sich übergeben. Die Sauferei auf den nüchternen Magen bleibt nicht ohne Folgen.

Es ist, als ob er seine ganzen Innereien herauskotzen müßte. Ein Schwächeanfall schüttelt ihn. Er sieht schwarze Ringe vor den Augen, die immer rascher rotieren. Er setzt sich aufs Klo und stiert zu Boden.

Schließlich schleppt er sich ins Wohnzimmer und legt sich auf die Couch. Die Luft im Raum ist abgestanden. Er wagt nicht, die Fenster zu öffnen, als befürchte er einen Anschlag von draußen.

Er weiß nicht, wie lange er so gelegen hat. Der Dreiklang an der

Haustür weckt ihn. Er beschließt, nicht zu öffnen. Aber die Hausglocke schlägt wiederholt an. Er erhebt sich fluchend und ächzend. Er schlurft in seinen Hausschuhen in die Diele und öffnet.

Bäumler steht draußen und hat ein merkwürdiges Lächeln im Gesicht. «Ich hörte von Ihrem Pech – ich wollte mich nur erkundigen, wie es Ihnen geht.»

Bielmeiers erste Regung ist, ihm die Tür vor der Nase zuzuknallen. Aber er bremst sich im letzten Augenblick. Irgendwie sagt ihm noch ein Fünkchen Verstand, daß er das Gesicht wahren muß. Besonders Bäumler gegenüber.

Bäumler macht auf Anteilnahme: «Kann ich etwas für Sie tun?»

Ja, verschwinden, denkt Bielmeier und wundert sich, daß er den anderen zum Eintreten auffordert.

Es ist eine dämliche Situation. Sie stehen sich in der Diele sekundenlang schweigend gegenüber; keiner weiß, was er sagen soll. Dann Bäumler, mitfühlend:

«Sie sind ja ganz grün im Gesicht!»

Bielmeier fällt nichts Blöderes ein, als zu erwidern: «Mal was anderes...»

Im Wohnzimmer wird man nicht gesprächiger. Das peinliche Schweigen hält an.

«Darf ich?» Bäumler deutet auf einen Sessel.

Bielmeier grunzt etwas. Bäumler faßt es als Einladung auf und setzt sich. Er schlägt die Beine übereinander, preßt die Fingerspitzen gegeneinander und tut teilnahmsvoll: «Sagen Sie, wie konnte das eigentlich passieren? Haben Sie die Täter erkannt? Wollte man Sie berauben?»

«Möglich. Ich weiß nur, 's waren vier Halbstarke. Kerle wie dieser Mladek», entfährt es Bielmeier gereizt.

Bäumler blickt zur Decke. «Übrigens...» Er hüstelt scheinbar verlegen und fährt dann in seiner behutsamen Art, die Bielmeier so widerlich findet, fort: «Weil gerade der Name Mladek fällt – es war dumm von mir, an seiner Schuld zu zweifeln. Soweit ich aus den Zeitungsberichten ersehen konnte, sind doch die Indizien eindeutig...Und, sehen Sie, Bielmeier – deshalb bin ich eigentlich auch gekommen. Ich wollte mich bei Ihnen in aller Form für meine Handlungsweise entschuldigen!»

Bielmeier glotzt ihn verständnislos an. Wieder schrillt bei ihm eine Alarmglocke. «Handlungsweise?» bringt er schließlich heraus. «Was heißt Handlungsweise...?»

Bäumler lächelt dünn. «Nun, Sie wissen schon – die Sache mit den Tonbändern. Ich gebe zu, ich wollte Ihnen beweisen, daß Mladek möglicherweise nicht als Täter in Frage kommt. Aber das war natürlich Unsinn ... Vergessen wir's.»

Bielmeier denkt, ganz schön clever. Jetzt dreht er es so hin ... Er mustert seinen Nachbarn unfreundlich. Ob die Geschichte mit den Halbstarken ein abgekartetes Spiel war? Möglich ist alles.

Bäumler findet Bielmeiers grimmiges Schweigen offensichtlich ungemütlich und erhebt sich. «Das wär's eigentlich ... Ich kann wirklich nichts für Sie tun?»

«Nee ... Eh, danke nein.»

«Schön. Also dann – gute Besserung, Bielmeier. Und verzeihen Sie, daß ich gestört habe.»

Bielmeier ist endlich wieder allein. Er glaubt aus Bäumlers Worten deutlich Hohn herausgehört zu haben.

Um halb fünf kommt Agnes nach Hause. Sie pendelt mit dem 41er Bus zwischen Buchenbühl und Ziegelstein. Wochentags täglich zweimal. Morgens um sieben ab Buchenbühl und um 16.15 Uhr ab Ziegelstein.

Heute auf der Heimfahrt hat sie sich entschlossen, ihren Alten von Stund an genauer unter die Lupe zu nehmen. Sie will herausbekommen, ob dieser irre Verdacht, den sie seit gestern mit sich herumträgt, irgendwie berechtigt sein könnte.

Sie wagt nicht, sich die letzte Konsequenz ihres Verdachts auszumalen. Falls er berechtigt sein sollte ... Sie weiß nicht, wie sie reagieren würde. Wahrscheinlich – was heißt wahrscheinlich? – ganz sicher würde sie Hals über Kopf ihre Koffer packen ...

Oder?

Sie grüßt kaum, als er ihr in der Diele entgegentritt. Er trägt am Hinterkopf noch ein Heftpflaster. Sie riecht seine Alkoholfahne.

Ihr abweisendes Getue regt ihn auf. «Is was?» fährt er sie an.

Sie reagiert nicht darauf. Sie streift ihre Kostümjacke ab und hängt sie mit betonter Akkuratesse auf einen Kleiderbügel der Flurgarderobe.

Er schwankt leicht, stützt sich gegen die Wand. «Du, ich red mit dir!»

«Ich bin nicht schwerhörig.» Sie läßt ihn stehen und geht in die Küche. Dort hantiert sie mit dem Geschirr herum. Sie bereitet das Abendessen vor.

Er setzt sich ins Wohnzimmer und legt das Gesicht in die Hände. Sein Katzenjammer heißt Selbstmitleid.

Irgendwann ruft sie ihn zum Essen.

Er will nichts. Ihm steht es bis zum Hals. Er merkt nicht, daß sie auf der Schwelle steht und ihn nachdenklich mustert.

Als er aufblickt, schaut sie rasch zur Seite. Endlich fragt sie nach seinen Verletzungen: «Schon besser geworden?» Es klingt nicht sonderlich teilnahmsvoll.

«Hör ich recht – das interessiert dich?»

Sie zuckt die Achseln und verschwindet in der Küche. Er geht ihr nach, stemmt sich gegen den Türrahmen und flucht:

«Saubande ... Die soll'n uns gefälligst in Frieden lassen!»

«Darf man wissen, worüber du sprichst?» erkundigt sie sich betont höflich.

«Über die Scheißvorladungen.»

Sie merkt, wie sich Speichel in seinen Mundwinkeln sammelt. Sie findet es widerlich. Sie findet *ihn* widerlich. Sie sagt provozierend: «Komisch, daß du dich wegen einer simplen Protokollgeschichte so aufregst.»

«Ach Scheiße – aufregen ... Ich reg mich nicht auf. Meine Ruh will ich – sonst nischt!»

Sie schneidet einige Scheiben vom Brotlaib ab. «Ich könnte mir schon vorstellen, warum du so einen Schiß vor der Polizei hast.» Es klingt ganz beiläufig.

«Wie meinste das?» fragt er lauernd.

Sie legt ihren Köder aus. «Nun – ob es überhaupt stimmt, was du behauptest.»

«Was behaupte ich denn?»

«Nun eben – daß du an dem unseligen Tag schon um zehn ins Frankenbad abgeschwirrt bist. Theoretisch könnt's ebensogut möglich sein, daß du erst nach elf losgefahren bist ... Schließlich hast du ja erst um halb zwölf mit dem Bademeister geredet.»

Er findet keine Worte. Er starrt sie entgeistert an.

Er tut ihr fast leid. Dennoch hakt sie nach: «Wir wissen ja, um elf war es mit Senta ...» Sie schluckt und fährt gedämpft fort: «... da war es mit dem armen Ding schon vorbei ...» Sie wendet sich ab und verharrt einige Sekunden reglos vor der Spülmaschine. Das Ticken der Küchenuhr zersäbelt die Stille.

«Ach so», sagt Bielmeier schließlich. Seine Stimme ist ganz ruhig. «Ach, so läuft der Hase ...» nickt er.

Sie lauscht auf den Ton seiner Stimme. Sie wird aus seiner Reaktion nicht klug. Fühlt er sich durchschaut? Kommt jetzt ein Geständnis? Oder ist es das verblüffte Unverständnis eines Unschuldigen?

Bielmeier bleibt stumm. Die Andeutung hat ihn getroffen. Jetzt hat er auch noch Agnes gegen sich ... Er verläßt wie betäubt die Küche und verkriecht sich oben im Schlafzimmer.

Sie folgt ihm.

Er hat sich aufs Bett geworfen und starrt stumpf zur Decke hinauf.

Sie merkt, daß sie unklug gehandelt hat. Und zwar in jeder Hinsicht. Sie versucht, ihren Fehler wieder auszubügeln. Freilich nicht aus reinem Mitleid, sondern aus taktischen Gründen. Er muß davon überzeugt werden, daß sie ihm nicht mehr mißtraut ... Sie beugt sich über ihn und streicht ihm flüchtig über die Stirn. Die Geste fällt ihr weiß Gott nicht leicht. Die Stirn ist klebrig. Aber es muß sein.

«Ich weiß, ich habe Stuß geredet – vergiß es», sagt sie.

Er hält die Augen geschlossen. Sie merkt nicht, daß er unter den gesenkten Lidern ihre Miene mustert. Er überlegt: Kann es sein, daß sie heuchelt? Vielleicht steckt sie mit Bäumler unter einer Decke ... Er fühlt ihre Hand auf seiner Stirn, hört ihre etwas beschwörende Stimme:

«Komm, Konrad – vergiß den Quatsch, ja?»

Komisch, denkt er, daß ihre sonst so quengelige Stimme so sanft klingen kann ... Er ist am Ende mit seinem Latein. Er ist in einen Irrgarten geraten, aus dem er nicht mehr herausfindet.

4. September
Dreizehn Tage danach

Montag.

Bielmeier kann nachher nicht sagen, wie er seinen Auftritt im Polizeipräsidium überstanden hat. Wie er das geschafft hat. Gegen halb elf haben sie Agnes und ihn wieder nach Hause geschickt.

Vor dem Vernehmungszimmer haben sie fast eine halbe Stunde warten müssen. Es ist eine Tortur gewesen.

Hunderte von Menschen sind vorbeigekommen. Beamte mit Akten unter dem Arm, Grünuniformierte und Zivilfahnder; manchmal ist ein Typ in Handschellen vorbeigeführt worden. Und das Warten wollte kein Ende nehmen.

Dann ist die Kneemöller aus dem Amtszimmer herausgekommen, aufgekratzt und wichtigtuerisch. Ihren Köter hat sie freilich diesmal nicht dabeigehabt.

Agnes hat kurz mit ihr gesprochen. Die Kneemöller hat einen Wortschwall losgelassen – was die alles von ihr wissen wollten und wie gut es ist, daß sie so genau aufgepaßt hat ... Sie hat wieder den ganzen Quark breitgetreten. Endlich ist sie abgerauscht.

«Dämliche Wachtel!» hat er halblaut gesagt und dann stumm weiter auf seinen Aufruf gewartet.

Er hat tausend Ängste ausgestanden, daß er sich irgendwie in Widersprüche verwickeln könnte. Und seine Alte erst. Er ist sich seit Tagen nicht mehr sicher, ob er ihr trauen kann. Er hat befürchtet, daß sie ihre ursprüngliche Aussage zu seinem Nachteil revidieren könnte. All diese Überlegungen haben ihn in dieser halben Stunde fast bis zum Wahnsinn geschlaucht.

Und dann ist alles ganz rasch gegangen – vielleicht etwas zu rasch, wie er jetzt hinterher mißtrauisch meint.

Ein gelangweilter Kriminalmeister hat sich lediglich von ihm noch einmal bestätigen lassen, was er schon kurz nach der Tat erklärt hat: Daß er, Bielmeier, beobachtet habe, wie Mladek kurz vor zehn bei Bäumlers Grundstück vorgefahren sei und dessen Haus betreten habe, während er, Bielmeier, kurz nach zehn ins Frankenbad gefahren sei, wo er etwa um zehn vor halb elf eingetroffen sei, um sich dort dann später beim Bademeister nach seiner verlorengegangenen Armbanduhr zu erkundigen... Und so weiter.

Der Kriminalmeister hat ihm das alles vorgehalten, und Bielmeier hat nur immer wieder mit ‹Ja› zu antworten brauchen. So leicht ist es ihm gemacht worden.

Zu leicht?

Eine ältere Angestellte mit Brille hat das Protokoll auf einer Maschine heruntergehämmert, hat es ihm zur Durchsicht vorgelegt, und dann hat er seinen Namen daruntergesetzt. Das war alles.

Dann hat man in seinem Beisein auch noch Agnes gehört. Sie bestätigte, am fraglichen Tag schon nach zehn von ihm, Bielmeier, aus dem Frankenbad angerufen worden zu sein. Dabei ist sie geblieben. Er hat aufgeatmet. Nachher hat er sie mit dem Wagen ins Geschäft nach Ziegelstein gefahren.

Jetzt überkommt ihn eine Art Euphorie. Die Gefahr scheint gebannt. Er braucht noch nicht zum Dienst zu gehen. Er hat schon wieder Spätschicht. Er beschließt, gar nicht mehr nach Hause zu fahren. Ein ausgedehnter Bummel durch die City bis Dienstbeginn um 16 Uhr wird ihn auf andere Gedanken bringen. So startet er in Richtung Stadtmitte.

Unterwegs geht ihm flüchtig durch den Sinn, ob dieses Zwischenspiel im Polizeipräsidium nicht etwa nur eine eigens arrangierte Farce gewesen sein könnte, um ihn in Sicherheit zu wiegen. Doch er verdrängt diese Überlegung alsbald wieder. Er will sich diesen Tag nicht selbst wieder vermiesen.

Seine Verletzungen machen ihm kaum noch zu schaffen. Zwar sticht es hin und wieder noch im Knie, doch im großen und ganzen fühlt er sich einigermaßen fit.

Er fährt in das Parkhaus am Sterntor. Im dritten Deck findet er einen Abstellplatz. Er trottet zum Hallplatz weiter. Es ist bewölkt und kühl, aber es regnet nicht.

Er durchstreift einige Kaufhäuser und entschließt sich, in einem Kaufhausrestaurant Mittag zu essen.

Er findet kaum einen freien Platz. Er zwängt sich an einen Tisch, an dem eine Oma mit zwei kleinen Mädchen sitzt. Sie löffeln ihre Suppe. Die Oma mäkelt ständig an den beiden Gören herum. «Bleib ruhig sitzen ... halt den Löffel richtig ... schlürf nicht so ... baumle nicht ständig mit den Beinen ...»

Bielmeier bestellt sich ein Wiener Schnitzel, Kartoffelsalat und ein Pils. Endlich schmeckt es ihm wieder einmal. Dann setzt er seinen Bummel fort.

In der Fußgängerzone in der Breiten Gasse herrscht Hochbetrieb. Halb Nürnberg ist unterwegs. Wann arbeiten die Leute eigentlich?

Ab und zu bleibt er stehen und blickt zurück. Er tut es fast unbewußt.

Er läßt sich weiter im Fußgängerstrom treiben.

Bei einem Glasschaukasten, in dem Bücher ausgestellt sind, wirft er abermals einen Blick zurück ... Irrt er sich? Hat er nicht heute schon einmal den untersetzten Typ mit dem Hubertushut gesehen? War es nicht, als er aus dem Kaufhaus kam?

Quatsch!

Bielmeier geht zum Josefsplatz hinüber. Er bringt es nicht fertig, das Sex-Center zu meiden. Die Fassade ist mit grellen Werbeplakaten bepflastert. Drei Pornofilmprogramme sind angekündigt. Drei einschlägige Kinos unter einem Dach sind fast rund um die Uhr geöffnet. Außerdem heißt es: Täglich Peep-Shows.

Im Vestibül stehen einige Figuren herum. Ein Lautsprecher plärrt. Sporadisch wird die Musik unterbrochen, und eine eingeblendete Stimme kündigt den Auftritt eines neuen Girls an. Die Modelle lösen sich alle fünf Minuten ab.

Düsteres Licht. Eine Reihe Kabinentüren, ähnlich wie in einer Bahnhofstoilette. Mit einer Mark ist man dabei.

Bielmeier betritt eine Kabine, verriegelt sie von innen und steckt ein Markstück in einen Geldschlitz. Im gleichen Augenblick verlöscht das Licht im Kämmerlein, und ein rasselndes Geräusch ist zu vernehmen. Eine Sichtblende in Augenhöhe öffnet sich.

Sie gibt den Blick frei auf eine runde, langsam rotierende Lustliege, auf der sich ein sogenanntes Modell rekelt. Die Dame ist splitternackt und zeigt ihre Anatomie von allen Seiten. Bielmeier bekommt leichten Speichelfluß. Die schwarzhaarige Mieze mustert bei ihren Verrenkungen mit frechem Blick die Guckfenster.

Dann wieder das Rasseln. Die Sichtblende schließt sich. Eine Minute ist um.

Bielmeier fingert mit fahrigen Händen in seiner Geldbörse herum. Hat er noch ein Markstück? Glücklicherweise ja ... Das Spiel wiederholt sich.

Aufgeheizt geht er hinaus und studiert im Vorraum noch einige Plakate, auf denen neue Porno-Produktionen angekündigt werden. Und dann ...

Dann glaubt er wieder den Hubertushut gesehen zu haben. Und zwar drüben auf der anderen Straßenseite, in der Durchgangspassage einer Großbuchhandlung.

Schlagartig ist er ernüchtert. Er wendet sich nach links und eilt überstürzt in die Kaiserstraße, Richtung Hauptmarkt. Erst beim ‹Wiener Café› wagt er es, sich umzublicken.

Weit und breit kein Hubertushut ... Er glaubt allmählich, er spinnt.

Es ist kurz vor zwei. Er irrt durch die Altstadt. Ziellos. Aber er scheut sich, nach dem Hubertushut Ausschau zu halten. Aus Furcht, sein Verdacht, beschattet zu werden, könnte sich bestätigen.

Er betritt einen Spirituosen-Stehausschank und verlangt einen doppelten Korn. Nebenan hängt ein Typ mit einem zerknitterten Trenchcoat am Tresen und quatscht ihn an.

«Sauwetter, wa?»

Bielmeier nickt und kippt sich den Schnaps hinter die Binde. Der Typ nebenan hat schon starke Schlagseite. Er behauptet, ein idiotensicheres Toto-Tip-System erfunden zu haben. Schon zweimal hätte er innerhalb von wenigen Wochen gewonnen. Einmal sechs Mark achtzig und dann sogar zehn Mark zwanzig.

Hinter dem Tresen waltet eine Vollbusige mit grell geschminkten Lippen und faltigem Gesicht ihres Amtes. Sie kümmert sich nicht um den Quatschkopf. Auch Bielmeier behandelt sie wie Luft. Sie bedient, als seien ihre Gäste Luft.

Bielmeier wechselt zu einem anderen Getränk über; er läßt sich ein Kirschwasser bringen.

Es ist halb drei, als er den Schnapsladen verläßt. Die frische Luft bekommt ihm nicht sonderlich. Er hat mindestens einskommafünf Promille unter der Weste. Wenn das reicht.

Er kommt bei der Lorenzkirche vorbei. Unweit führen Rolltreppen zur U-Bahn-Station hinab. Und auf der Rolltreppe ...

Der Hubertushut gleitet nach unten aus Bielmeiers Blickfeld.

Nimm dich zusammen, du Rindvieh. Du siehst Gespenster ... Es dämmert ihm, daß es Zeit wird, nach Langwasser zum Dienst zu fahren. Er marschiert in Richtung Sterntor.

Menschen, Menschen ..'. Tausend namenlose Gesichter gehen an ihm vorbei und eilen unbekannten Zielen entgegen. Im Meer der Köpfe wieder ein Hubertushut.

Halluzinationen?

Als er seinen Wagen aus dem Parkhaus holt, hat er Mühe, die engen Wendeschleifen auf den Zwischendecks zu meistern. Einmal knirscht es – er hat mit seinem Fahrzeug den Kotflügel eines abgestellten Mercedes gestreift. Er kümmert sich nicht darum, ob Fremdschaden entstanden ist.

Auf ein bißchen Unfallflucht kommt's jetzt auch nicht mehr an.

22.00 Uhr.
Bielmeier ist im Glaskasten der Pförtnerloge über der Lektüre eines Romanheftchens eingenickt.

Noch zwei Stunden bis Dienstschluß.

Mitunter schreckt er kurz auf, doch die Lider fallen ihm immer wieder zu. Im Halbschlaf ziehen merkwürdige Traumszenen vorbei. Einmal ist er mit seinem Wagen in einen Fahrzeugstau geraten. In jedem Auto sitzen Fahrer mit grünen Hubertushüten. Er ist eingekesselt ... Er streift mit Agnes durch den Wald. Hinter einem Gebüsch lugt ein Hubertushut hervor und verfolgt ihn. Er rennt quer durch den Forst, aber der Hubertushut läßt sich nicht abschütteln. Er stolpert, stürzt in einen tiefen Wassergraben, auf dessen Sohle Sentas Leiche liegt. Der Hubertushut beugt sich über ihn. Aus seinem Schattenmund quellen Sprechblasen hervor, zerplatzen und tropfen auf sein Gesicht. Sie sind heiß wie flüssiges Blei und ätzen ihm Buchstaben in die Haut. Der Hubertushut hält ihm einen Spiegel vor, und er liest in Spiegelschrift: *Mörder* – MÖR-DER – MÖRDER ... Und hinter dem Hubertushut tauchen Bäumler und Agnes auf, und sie skandieren, rhythmisch in die Hände klatschend wie das Publikum bei der Hitparade: MÖR-DER, MÖR-DER, MÖR-DER ...

Der Fernsprecher surrt.

Bielmeier fährt hoch. Benommen reibt er sich die Augen. Er hat einen stocktrockenen Mund. Die Zunge klebt ihm wie ein Kloß am Gaumen. Er meldet sich.

Eine barsche Stimme, die irgendwie hohl klingt: «Spricht dort Herr Bielmeier?»

«Am ... am Apparat», stottert er.

«Hier ist Kreinert, Kriminalpolizei. Wann haben Sie Dienstschluß?»

Bielmeier braucht Sekunden, um sich zu sammeln. Der Anruf haut ihn fast vom Stuhl.

«Hallo! Hören Sie noch?» Die Stimme des Anrufers klingt so, als hätte er sich einen Sack über den Kopf gestülpt und telefoniert darunter.

Bielmeier stammelt einige zusammenhanglose Worte.

«Hallo – ich kann Sie nicht verstehen», bellt die Stimme. «Wann haben Sie Dienstschluß, Mann?»

«Um ... um Mitternacht.»

«Okay. Wir holen Sie ab. Es handelt sich um den Mordfall Senta Bäumler – es ist noch einiges zu klären. Es ist dringend. Es muß noch heute sein.»

Bevor Bielmeier noch eine Silbe hervorbringen kann, hat der andere schon aufgelegt.

Bielmeier stützt den Kopf in die Hände. Jetzt ist alles aus, denkt er. Jetzt bin ich fällig ... Im ersten Anfall von Verzweiflung denkt er an Flucht. Einfach in die Karre setzen und abhauen, drängt es ihn.

Aber was soll's. Sie würden ihn bald wieder einkassieren. Es wäre nur ein Aufschub, sonst nichts ... Jetzt ist es 23.50 Uhr. Es bleiben ihm nur noch Minuten.

Bengler vom Werkschutz betritt die Pförtnerloge. Er ist groß, hager, hat eine Hakennase und ein Bärtchen.

Er wundert sich: «Mensch, Bielmeier, biste krank? Siehst ja aus wie 'ne Wasserleiche!»

Bielmeier grinst verzerrt. «Bißchen Bauchgrimmen mit Dünnschiß, sonst nischt.»

Bengler steckt sich eine Zigarette an und qualmt wie ein Fabrikschlot. Er lamentiert über seinen Sohn Edi, der achtzehn wird und unbedingt eine schwere BMW kaufen will. «Mensch, Sorgen haste da...»

Bielmeier hört gar nicht hin. Er blickt auf die Uhr. Seine Stunde läuft ab.

Die vier Lederjacken kommen von der Telefonzelle an der Ecke Schäfer-/Ziegelsteinstraße.

Scharli, die Löwenmähne, feixt: «Dem Opa muß ganz schön sein Sabbermaul aus'm Leim gegangen sein.»

Sie haben ihre Maschinen in der Schäferstraße abgestellt. Das mit dem Anruf bei Bielmeier ist eine Idee von Uwe, dem Schweden, gewesen.

«Nich schlecht», lobt die Löwenmähne. «Der Tütenkacker is geschafft. Der verpfeift so schnell keinen mehr bei den Bullen!»

«Die Stimme aus'm Grab», kichert der Schwede. «Was meinste, ich hab's direkt durch die Leitung gerochen, wie's dem in die Hosen gegangen is!»

«Irre Idee – den Schutzhelm über die Sprechmuschel gestülpt und sich als Kripo-Heini auszugeben!»

«Und was nu?»

«Jetzt is die Tante dran.»

Scharli, die Löwenmähne, meint damit die Kneemöller, die nach seiner Logik ebenfalls mit verantwortlich zu machen ist, daß man den Bronco, den Horst Mladek, in Haft genommen hat.

«Let's go, Leute – beraten wir, wie wir der Tante auf den Pelz rücken wollen!»

Sie bilden einen kleinen Kreis und hecken was Neues aus. Sie beschließen, die Kneemöller durch Telefonterror zu verschrecken.

Bielmeier erwartet, daß jeden Augenblick ein Wagen vorfährt.

Es ist fünf vor Mitternacht.

Er ahnt, was auf ihn zukommt. Und es graust ihm davor: Eine lange Nacht in einem Vernehmungszimmer im Polizeipräsidium. Kripo-Männer, die ihn mit Fragen eindecken; die ihn umkreisen und ihm keine ruhige Minute mehr gönnen werden.

Er sieht es geradezu vor sich, wie er abgeschlafft auf einem Vernehmungssessel hockt, geblendet von dem grellen Licht der Schreibtischlampen. Sie werden ihn mit ihren bohrenden Fragen fertigmachen. Sie werden ihn darauf festnageln, daß er am Tattag erst nach elf sein Haus verlassen hat, um ins Frankenbad zu fahren. Sie werden ihm ins Gesicht sagen, daß er der letzte Besucher bei Senta vor ihrem gewaltsamen Tod gewesen sein muß... *Mann, geben Sie's endlich zu – Sie haben die Kleine erwürgt. Sie haben's getan. Sie haben beobachtet, wie Mladek das Haus verließ, und dann sind Sie zu ihr rüber – Sie waren geil auf die Kleine. Sie hatte ja fast nichts am Körper... Sie wollten sie nehmen, aber da hat sie geschrien, und da hamse ihr die Luft abgedrückt... Mann, geben Sie's zu – so war's doch!*

Bielmeier versucht, sich von diesen Alptraumbildern zu befreien. Aber er hat einfach nicht mehr die Kraft dazu, sie zu verdrängen.

Kleinert taucht auf, die Ablösung.

Bielmeier gibt vor, ihm sei nicht gut – leichter Grippeanfall, Fieber und so ... Er will sich nicht mit ihm in ein Gespräch einlassen. Er legt seine Schirmmütze und den Dienstmantel ab, packt seine Tasche zusammen und geht.

Kleinert reckt den Hals und schaut neugierig von der Pförtnerloge aus hinter ihm her. Bielmeier möchte nicht, daß jemand sieht, wie sie ihn abholen. Er geht ihnen entgegen. Er wartet außer Sichtweite an der nächsten Ecke.

Er wartet ziemlich lange. Die Zeit vergeht. Kein Streifenwagen. Keine Uniform. Kein Mensch.

Bielmeier erwacht aus seiner Lethargie. Es gibt nur zwei Möglichkeiten: Entweder hat er sich verhört, und die Kripo erwartet ihn daheim – oder der Anruf war fingiert ... Er geht zum Werksparkplatz zurück. Er wäre ja dämlich, wenn er nur noch eine Minute länger warten würde.

Er hat jetzt wieder den verrückten Gedanken, sich abzusetzen, die Rückkehr nach Hause so lange wie möglich hinauszuschieben, für einige Zeit unterzutauchen und zu vergessen ... Er weiß, es ist idiotisch, und es ändert praktisch nichts an seiner Situation. Aber er will sich wenigstens ein paar Stunden der Illusion hingeben können, einem ausweglosen Dilemma entronnen zu sein.

Er überprüft seine Barschaft: Hundertvierzig Mark und ein paar Zerquetschte. Damit läßt sich etwas anfangen.

Er fährt in Richtung Innenstadt. Der Himmel ist bedeckt, die Fahrbahn ist ein wenig feucht. Es riecht nach frühem Herbst.

Unbewußt nimmt er den Kurs durch den Marientunnel, biegt nach links zum Hauptbahnhof ab, erreicht den Frauentorgraben und stellt den Wagen auf dem Parkplatz beim Kartäusertor ab.

Hier ist die historische Stadtmauer von Alt-Nürnberg wieder in ihrer ursprünglichen Form restauriert worden.

Bielmeier hat jetzt keinen Blick für die Denkmalspflege. Er möchte vergessen. Er läßt sich treiben wie einer, der sich auf einem Floß festklammert, das von der Strömung eines reißenden Flusses einem unbestimmten Ziel entgegengetrieben wird. Einer Katastrophe.

Er geht durch das Kartäusertor und die enge Gasse hinter der Frauentormauer entlang. Nachdem er den Färberplatz passiert hat, erreicht er die Gasse hinter der Mauer, den Nürnberger Rotlichtbezirk.

Hier herrscht jetzt Hochbetrieb. Potentielle Freier drücken sich im Schatten der Mauer herum. Andere sind nur gekommen, um zu glotzen. Voyeurstypen.

Das Angebot an käuflichem Fleisch ist reichlich. Die Gunstgewerblerinnen liegen in offenen Fenstern und zeigen, was sie zu bieten haben. Einige lehnen auch in den Hauseingängen. Sie tragen kaum etwas. Nur beim genaueren Hinsehen sind winzige Shorts und dünne Blusen zu erkennen.

Bielmeier läßt sich vom Milieu einfangen. Vergessen, nur vergessen! Eine ruft ihm zu: «He, Opa – willste was Tolles erleben?»

Er tappt auf sie zu. Er ist wie benebelt.

Er kann auch gar nicht sagen, wie die Puppe aussieht. Er erkennt nur einen grellblonden Haarturm und viel Fleisch, das unter einem BH und hautengen Shorts hervorquillt. Er fühlt, wie er bei der Hand gefaßt und in einen Hausflur hineingezogen wird.

Dann findet er sich in einem winzigen Zimmer, das von der Liege fast ausgefüllt wird. Irgendwo im Raum glüht etwas. Es ist eine Beleuchtung wie in der Dunkelkammer eines Fotolabors. Es riecht nach Schweiß und billigem Parfum.

In drei Minuten ist alles vorbei, und er ist um fünfzig Mark erleichtert. Alles wie gehabt.

Er irrt zur Ottostraße hinüber. Das ist die Reeperbahn von Nürnberg, wenn man von der Luitpoldstraße absieht. Bielmeier betritt die erstbeste Kneipe. Ein Vorhang aus Mief und Lärm schlägt ihm entgegen.

Er weiß selbst nicht, wie er in diesem Vergnügungssumpf die Bartheke gefunden hat. Jedenfalls klettert er auf einen Hocker und bestellt bei der Animieramsel mit den angeklebten Superwimpern und einem unvorstellbaren Euter einen Cocktail.

Er besäuft sich.

Er kann nicht sagen, wie viele Lokale er abgegrast hat. Er wird schließlich irgendwo hinausgeworfen, weil er nicht mehr zahlungsfähig ist.

Es ist vier.

Er findet tatsächlich noch den Parkplatz beim Kartäusertor. Er sucht seinen Wagenschlüssel. Alle Taschen stülpt er um. In einer Rockinnentasche findet er ihn endlich. Er setzt sich ans Steuer und nickt prompt ein.

Die Kälte weckt ihn. Wie spät ... Halb fünf.

Schlagartig überkommt ihn wieder der ganze Katzenjammer seiner Existenz. Er hat Senta Bäumler auf dem Gewissen. Die Kripo ist ihm auf der Spur. Alle Welt ist gegen ihn. Jetzt sogar auch noch Agnes, die ihn wahrscheinlich fallenlassen wird wie eine heiße Kartoffel ... Scheißleben, elendiges!

Er startet den Wagen. Er schaltet in den zweiten Gang. Im Getriebe kracht es, weil er die Kupplung nicht richtig durchgetreten hat.

Er fährt in Richtung Plärrer. Er weiß nicht, daß er vergessen hat, die Wagenlichter einzuschalten; Straßen und Plätze sind von Peitschenleuchten ziemlich hell beleuchtet.

Er kommt nicht weit.

Schon am Splittertorgraben entdeckt ihn eine Funkstreife, wie er im Schrittempo in leichten Schlangenlinien dahinzockelt.

Er wird gestoppt. Er glotzt die Beamten verständnislos an. Sie verlangen seinen Führerschein. Sie nehmen ihn gleich mit zur Blutuntersuchung in die Krankenhausambulanz. Sein Wagen wird auf einem Parkplatz in der Deutschherrenstraße abgestellt. Wenn er nicht abgeholt wird, soll er auf Bielmeiers Kosten abgeschleppt werden.

Um halb sechs wird Bielmeier von einer Funkstreife daheim abgeliefert. Eine Strafanzeige wegen Trunkenheit am Steuer ist bereits unterwegs.

5. September

Vierzehn Tage danach

Agnes Bielmeier ist aus ihrem Halbschlaf durch die Hausglocke aufgeschreckt worden. Sie wirft ihren Morgenrock über, steigt schlaftrunken in die Diele hinunter und öffnet die Haustür. Der Tag dämmert herauf. Kühle Morgenluft weht ihr entgegen.

Und eine Wolke Alkoholmief.

Sein Anzug ist bekleckert. Er hat sich vollgespuckt. Er hockt auf den Stufen, ein Häufchen Elend.

«Mein Gott!» stammelt sie.

Sie hat Mühe, ihn ins Haus zu bringen. Er hängt schwer in ihren Armen. Er lallt unverständliche Worte. Sie schleppt ihn ins Bad, setzt ihn auf die Klo-Brille und zerrt ihm den verschmutzten Anzug vom Leib. Seine Unterhosen sind naß. Er hat hineingepinkelt. Sie entkleidet ihn völlig, wäscht ihn und zieht ihm einen sauberen Schlafanzug über.

In dieser Stunde, als sie ihn wie ein kleines Kind bemuttern muß, ist es ihr endgültig zur Gewißheit geworden. Sie hat begriffen.

Dennoch hofft sie, daß alles nur ein Alptraum ist. Lieber Gott, laß es nur nicht wahr sein! denkt sie immer wieder.

Sie bringt ihn ins Schlafzimmer.

Er blickt ihr stumm ins Gesicht. Sie hat ihn noch nie so hilflos gesehen.

Auf einmal bricht es aus ihm heraus. Ein Zittern geht durch seinen Körper, als wäre er gegen eine Starkstromleitung gerannt. Es ist wie eine Schüttellähmung, die sich beängstigend verstärkt. Dann überfällt ihn ein Weinkrampf.

Er wirft sich aufs Bett und bohrt das Gesicht in die Kissen. Er heult wie ein kleiner Junge.

Agnes fürchtet sich vor der entscheidenden Frage. Aber es ist ihr klar, daß sie nicht kneifen darf. Sie beugt sich ganz nahe zu ihm herab. «Du hast es getan...Du warst es», sagt sie.

Er reagiert nicht. Er flennt nur erbärmlich.

«Sag schon – du hast sie umgebracht!» herrscht sie ihn unvermittelt an.

Er flennt.

Sie schlägt die Hände vor das Gesicht: «Mein Gott, mein Gott...» Sie rennt aus dem Zimmer. Sie läuft sinnlos durch das Haus. Sie weiß eigentlich nicht, was sie tut.

In der Diele steht das Telefon.

Sie muß die Polizei anrufen. Sofort. Sie muß es melden: Hallo, hier ist Agnes Bielmeier. Mein Mann ist ein Mörder. Er hat Senta Bäumler umgebracht. Der junge Mladek ist unschuldig... Sie geht ins Bad, dreht die Wasserleitung auf, läßt den Wasserhahn sinnlos rauschen.

Was hat sie eigentlich tun wollen? Sie dreht den Wasserhahn zu. Sie geht ins Wohnzimmer, richtet die Falten der Stores. Sie schüttelt die Zierkissen auf der Couch auf... Sie merkt gar nicht, was sie macht. Sie tut es mechanisch. Sie weiß nur eines: ER HAT ES GETAN.

Sie geht ins Schlafzimmer zurück.

Er weint noch immer. Er zerfließt in Selbstmitleid. «'s war 'n Unfall», jammert er, «nur 'n Unfall. Ich wolltse nich... wolltse doch nich...»

Sie steht ratlos vor diesem heulenden Elend. Das ursprüngliche Mitleidsgefühl ist in Haß umgeschlagen. «Warum muß ausgerechnet ich das Pech haben, so was wie dich aufzugabeln...» Merkwürdigerweise erkennt sie in diesen Minuten, daß sie ihn eigentlich schon seit Jahren haßt. Sie hat diese Empfindung nur verdrängt.

Sie hat gewußt, daß er ab und zu mit anderen Weibern herumhurt, daß er auf fremde Schürzen scharf ist. Sie hat es zumindest geahnt. Aber sie hat sich an diese Demütigungen gewöhnt und hat versucht, ihm wenigstens nach außen hin eine gute Frau zu sein, so wie es in der katholischen Tradition, in der sie erzogen worden war, der Brauch ist.

Aber wie verhält man sich als Ehefrau, wenn man erfährt, daß der

Mann, mit dem man zusammenlebt, einen Menschen getötet hat? Wie denn nur, lieber Gott?

Sie rennt erneut aus dem Zimmer.

Sie zieht sich an. Sie richtet ihr Haar. Sie setzt sich auf den Rand der Badewanne und starrt minutenlang vor sich hin. Dann hantiert sie mit dem Staubsauger herum, schaltet ihn ein, fuhrwerkt kurze Zeit damit in der Diele umher, schaltet das Gerät wieder aus und stellt es zur Seite.

Alles Mögliche schießt ihr durch den Kopf. Sie werden mit Fingern auf sie zeigen. Sie werden hinter ihr die Köpfe zusammenstecken. Sie werden über sie lästern. Sie wird nirgendwo mehr hingehen können. Im Betrieb werden sie sie meiden wie die Pest. In der ganzen Nachbarschaft wird es heißen, das ist doch die Alte von dem Mörder ...

Und Bäumler?

Mein Gott, wie soll sie dem jemals wieder unter die Augen treten?

Dieser Gedanke gibt ihr den Rest.

Sie sieht nur zwei Auswege: entweder auswandern oder den Gashahn aufdrehen ... Der Haß auf ihren Mann wächst ins Unermeßliche. Sie hätte ihn in diesem Augenblick kaltblütig ermorden können.

Dieser Emotionalsturm wird allmählich wieder durch kühlere Erwägungen abgelöst.

Und wenn ...

Und wenn alles so wie bisher bliebe? Wenn an den Fall Senta Bäumler nicht mehr gerührt würde? Gilt er nicht praktisch schon als gelöst? Sie haben einen Schuldigen – Schluß ... Wer fragt jetzt noch nach Konrad Bielmeier?

Damit bliebe ihr zumindest nach außen hin erspart, als Frau eines Mädchenmörders ...

Sie erschrickt über ihre Gedankengänge. Denkt so eine gläubige Christin? Sie ist im Begriff, ein Verbrechen zu vertuschen. Sich mitschuldig zu machen ...

Aber was wird aus dem Haus, wenn sie ihren Mann anzeigt, wenn er für immer hinter Gitter verschwindet? Noch etwa 190 000 Mark müssen abgezahlt werden. Die Hypotheken ... Probleme, Probleme – und keine Lösung.

Und oben liegt ihr sogenannter Mann und heult ... Der Waschlappen. Der Hurenbock. Der Schlappschwanz. Der Drecksack, der ihr das alles eingebrockt hat ...

Sie braucht einen ganzen Tag, um sich mit der irren Situation vertraut zu machen.

Sie hat gleich morgens bei ihrer Firma angerufen und sich krank gemeldet. Sie hat das Haus dichtgemacht, als wollte sie es verbarrikadieren. Und sie hat sich tausendmal gefragt: Mein Gott, was soll ich denn nur tun, was denn nur!

Ihr Alter hat sich in den Schlaf geflennt. Irgendwann hat sie ihn dann hochgescheucht. Sie hat sich geekelt, ihn anzufassen.

Mit verquollenem Gesicht hat er sie angeglotzt. Dann hat er wieder angefangen zu heulen. Da hat sie ihm eine gescheuert. Mit aller Kraft. Und er hat nur abwehrend die Hand gehoben und widerlich gejammert.

Schließlich hat er erzählt, wie es passiert ist. Stockend, schluchzend hat er ihr schonungslos geschildert, wie er sich vergessen hat.

Und bei all ihrer Wut, bei allem Abscheu für ihn und seine Tat hat sie sich gesagt: Wenn es so gewesen ist, wie er sagt, ist er das Opfer einer Versuchung geworden und die kleine Senta ein Opfer dieser zufälligen Situation...

Sie hat angeordnet, daß er an diesem Tag nicht zum Dienst geht. Sie hat im Werk angerufen und ihn wegen Krankheit entschuldigt.

«Wir müssen uns heute entscheiden, wie es weitergehen soll», hat sie bestimmt.

Und er hat geschwiegen wie ein geprügelter Hund.

Noch am Mittag ist er von der Besäufnis der letzten Nacht und seinem seelischen Zusammenbruch gezeichnet. Er schleicht wie eine wandelnde Leiche durch das Haus, hockt einmal auf einer Stuhlkante, einmal auf der Couch im Wohnzimmer – verstört, verwirrt und stumpf. Wenn er etwas sagen will, herrscht sie ihn an:

«Halt die Klappe. Ich muß nachdenken.»

Und kleinlaut fügt er sich.

Am frühen Abend verläßt sie das Haus. Sie stiehlt sich hinaus. Sie fürchtet, gesehen zu werden. Als könnte man ihr vom Gesicht ablesen, daß sie einen Mörder beherbergt. Sie betet, daß ihr nicht Bäumler über den Weg läuft. Der liebe Gott erhört ihre Bitte.

Sie hat Glück.

Bis zum Märzenweg begegnet ihr niemand. Sie trifft dann zwar Leute, aber es sind Fremde... An der Ecke Märzenweg/Kalchreuther Straße wartet sie. Sie hat für 18.00 Uhr ein Taxi bestellt. Sie hat mit Absicht diese Straßenecke angegeben statt der Adresse. Der Wagen trifft pünktlich ein.

Sie läßt sich zur Deutschherrnstraße fahren. Auf dem Parkplatz unweit der Unfallklinik findet sie den Kadett.

Agnes steigt ein. Sie hat den Führerschein schon vor fünf Jahren gemacht, aber sie ist selten gefahren. Die Karre ist ständig von ihrem Alten mit Beschlag belegt worden. Weil er weiter zur Arbeitsstelle hat als sie, hat er das begründet. Es ist für ihn eine gute Ausrede gewesen.

Das ist jetzt vorbei.

Sie weiß, daß es mit ihrer Fahrpraxis nicht zum besten bestellt ist. Sie versucht zu starten. Dreimal würgt sie den Motor ab. Endlich klappt es. Mit Tempo 40 schaukelt sie stadtauswärts in Richtung Flughafenstraße. Manchmal hupen ungeduldige Fahrer hinter ihr. Sie kümmert sich nicht darum. Sie läßt sich nicht irritieren.

Kurz nach 19.00 Uhr erreicht sie den Vorort Buchenbühl. Aber sie fährt nicht nach Hause. Sie biegt nach rechts in die Hermannstraße ab und hält vor der Maria-Hilf-Kirche.

Agnes Bäumler ist nach langem Überlegen zu einer Entscheidung gekommen, und jetzt will sie sich dafür den Segen Gottes einholen. So denkt sie sich das.

Die Kirche ist ein Neubau. Ein stilistisch eigenartig gestaltetes Satteldachgebäude, das in seiner architektonischen Form eher einer Scheune aus Glas und Beton ähnelt. Zu dieser Stunde ist kein Mensch im Kirchenraum.

Sie kniet in eine der spartanisch gestalteten Bänke nieder. Es ist dämmrig, denn draußen geht der Tag zur Neige. Der karge Altar mit dem großen, raumbeherrschenden Kreuz ist nur noch im Umriß zu erkennen.

Sie betet.

Zehn Minuten vergehen, fünfzehn ... Sie glaubt, Gott Rechenschaft darüber ablegen zu müssen, weshalb sie sich so entschieden hat, wie es geschehen ist. Sie bittet um Vergebung der Sünden, die sie zu begehen gedenkt.

Mit achtunddreißig ist sie noch in Glaubenssachen von jener kindhaften Naivität, die für manche Katholiken vielleicht das Fundament ihres Glaubens ist.

Erst nach Einbruch der Dunkelheit fährt sie zum Kuckucksweg. Sie rangiert den Wagen in die Garage und will rasch im Haus verschwinden. Da entdeckt sie Bäumler. Er steht auf der Terrasse.

Auch das noch!

Zum Glück ist es schon ziemlich dunkel. Sie kramt intensiv in ihrer Handtasche herum und tut so, als suche sie den Hausschlüssel, den sie bereits in der Hand hält.

Sie erwidert seinen Gruß und will rasch die Haustür öffnen.

Aber Bäumler verwickelt sie in ein Gespräch. Er fragt teilnahmsvoll nach dem Befinden ihres Mannes. Ob denn die Verletzungen, die ihm bei dem Überfall der Rocker zugefügt wurden, schon ausgeheilt seien?

Sie zwingt sich zu einem unbefangenen Plauderton. Ja doch, die Sache sei überwunden; nein, keine Nachwirkungen ... Nee, die Täter sind noch nicht ermittelt worden, leider; na ja ... Gewiß, es liegt schon wieder Regen in der Luft – ist ja auch ein Wetter heuer, einfach scheußlich. Sie ist froh, als sie endlich verschwinden kann.

Das ist ein erster Vorgeschmack auf das gewesen, was ihr noch bevorstehen wird.

Bielmeier hockt stumm im Morgenrock am Küchentisch seiner Frau gegenüber. Er ist grün im Gesicht. Jetzt will sie ihm ihre Entscheidung eröffnen ... Er fühlt sich sterbenselend. Was hat sie mit ihm vor? Er schlägt die Augen nieder. Er kann ihr nicht offen ins Gesicht blicken.

Sie mustert ihn dafür um so durchdringender. Ihr flächiges Gesicht mit dem spitzen Kinn und dem kleinen Mund zeigt keine Regung von Mitleid ... Das Gesicht einer Fremden, denkt Bielmeier.

«Zuerst sollst du eines wissen», beginnt sie in geschäftsmäßigem Ton. «Ich bin fertig mit dir. In jeder Beziehung. Du ziehst um ins Gästezimmer, und du kümmerst dich selbst um deinen Kram.»

Er nickt ergeben. Ihm ist alles recht, so lange sie ihn nur nicht von der Kripo abholen läßt.

Sie fährt fort: «Du suchst dir einen besser bezahlten Job und kündigst diesen Drückebergerposten als Pförtner. Über den Kadett verfüge ich, auch wenn du den Führerschein wiederkriegen solltest ... Ach ja – sobald du mehr verdienst, zahlst du entsprechend mehr für die Hypothek. Einen größeren Anteil, meine ich ...» Und sie kommt in Fahrt: «Die ganze Dreckarbeit, die immer an mir hängengeblieben ist, die machst in Zukunft du. Einmal in der Woche, jeden Samstag: die Fußböden, Staubwischen, Fensterputzen und so weiter ... Und deine Wäsche, die wäschst du dir gefälligst selber – im Keller steht die Waschmaschine! – Ja, und kochen kannst du auch allein ... Für dich, meine ich. Und abspülen.

Wir werden nur noch nach außen hin so tun, als wäre alles in Ordnung ... Das sind meine Bedingungen. Wenn du nicht damit einverstanden bist, geh ich zur Polizei ... So; jetzt bist du dran.»

Sie verschweigt ihm, was sie sich noch insgeheim vorgenommen hat: Sobald das Haus schuldenfrei ist, will sie ihn hinauswerfen und sich von ihm scheiden lassen. Das soll er erst erfahren, wenn es soweit ist.

Ihm genügt schon, was er gehört hat. «Und sonst ... Wirste mir helfen?»

Sie streicht sich flüchtig über die Augen. «Wir können nur hoffen, daß dieser arme Bub, dieser Mladek freigesprochen wird. Daß der Fall Senta Bäumler als ungeklärt zu den Akten gelegt wird...»

Und sie betäubt ihr schlechtes Gewissen mit dem feierlichen Vorsatz: Ich werde jeden Tag in die Kirche gehen und für den Jungen beten.

So einfach ist es, wenn man gläubiger Christ ist.

ZWEIUNDDREISSIG TAGE DANACH

23. September

Samstag.

Die letzten Wochen sind für Bielmeier noch schlimmer gewesen, als er es sich je hätte vorstellen können. Er führt praktisch das Leben eines Haustrottels, der nur noch das Gnadenbrot bekommt und ansonsten Fußtritte.

Er hat sich den Bedingungen seiner Alten gefügt. Was ist ihm anderes übriggeblieben.

Er hat seinen ruhigen Posten als Pförtner aufgegeben und arbeitet seither im gleichen Werk als Elektrokarrenfahrer. Er muß den ganzen Tag im Werksgelände umherkurven und schwere Metallkästen mit großzölligen Schrauben und Muttern transportieren.

Sie haben ihm den Job angeboten, ohne Fragen zu stellen, und er hat natürlich nicht gesagt, daß er den Führerschein los ist. Wahrscheinlich braucht er gar keinen für so ein Ding; er weiß es nicht. Und es macht Spaß, zu fahren, wenn man es in anderer Form nicht darf.

Der andere, wichtigere Vorteil dabei: Er verdient monatlich dreihundert Mark mehr – wenn er Überstunden macht, sind es gar rund fünfhundert – und braucht nur noch Frühschicht zu machen.

Das aber bedeutet: Früh um fünf raus aus der warmen Koje und bis spätestens sechs an der Bushaltestelle zu sein; dann in Ziegelstein in die 21er Tram umzusteigen und ab Hauptbahnhof mit der U-Bahn nach Langwasser zu fahren. Er ist somit jeweils gut eine Stunde unterwegs. Gegen halb vier Uhr nachmittags – wenn er zu Überstunden eingeteilt ist, wird es halb sieben – kommt er nach Hause.

Dann muß er sich alles selbst richten. Das Abendbrot, das Vesper für den nächsten Tag und so weiter. Einmal in der Woche muß er auch seine Wäsche waschen. Es ist ein Hundeleben.

Agnes redet nur das Nötigste mit ihm. So, wie man mit einem unsympathischen Untermieter spricht... Manchmal haßt er sie so, daß er sie umbringen könnte. Aber es ist eben nur ein Gedanke, nichts weiter.

Schulden ...

... lassen sich immerhin leichter tilgen als Schuld. Was sich mit Geld begleichen läßt, ist gewöhnlich die harmlosere Art von Schuld. Ein Schuldschein ist allemal erträglicher als der geringste Anschein von Schuld.

Wer's gar nicht erst zu Schulden kommen läßt, hat's etwas leichter, sich nichts zuschulden kommen zu lassen.

Pfandbrief und Kommunalobligation

Meistgekaufte deutsche Wertpapiere - hoher Zinsertrag - schon ab 100 DM bei allen Banken und Sparkassen

Verbriefte  Sicherheit

Heute hat der Postbote zwei Einschreibebriefe gebracht: Zeugenvorladungen für ihn und Agnes. Es heißt darin, sie hätten sich *am 13. Oktober um 09.30 Uhr in der Strafsache Horst Mladek wegen Mordes als Zeugen im Justizpalast an der Fürther Straße (Eingang Bärenschanzstraße) im Sitzungssaal 619* einzufinden. Der Prozeß findet vor der Jugendstrafkammer statt.

«Nu isses soweit.»

«Am besten, du flennst schon auf Vorrat, damit du dann vor Gericht nicht umfällst», höhnt sie.

Er druckst herum. Schließlich: «Du – 's bleibt doch dabei?»

«Sprichst du mit mir?»

Er kocht vor Wut, aber er beherrscht sich. «Mußte doch verstehn – unsere Aussagen aufeinander abstimmen und so ...»

«Quatsch, abstimmen ... Um viertel nach zehn hast du mich damals aus dem Frankenbad angerufen, und ich soll das bestätigen. Damit ist doch alles gelaufen ... Also, was soll's»!» Sie will aus dem Zimmer rauschen.

Er hält sie am Arm fest. «Agnes ...»

Sie wirft ihm einen vernichtenden Blick zu. «Laß das gefälligst!»

«Und wennse fragen, woher du wissen willst, daß ich tatsächlich aus'm Frankenbad ...?»

Sie hätte ihm am liebsten wieder eine gescheuert, aber sie beherrscht sich. «Damit du dir nicht jetzt schon in die Hosen machst: Ich werde aussagen, ich hab im Hintergrund deutlich das Kreischen badender Kinder gehört. So – und jetzt laß mich in Ruh!»

So resolut sie auch tut, in Wirklichkeit ist ihr gar nicht geheuer bei der Sache. Sie fragt sich, ob sie alles durchstehen kann.

Er geht daran, den Teppichbelag in der Diele zu säubern. Er schließt den Staubsauger an und fuhrwerkt damit herum.

Mit Grausen denkt er an die kommende Woche. Am Mittwoch ist Termin beim Verkehrsgericht. Er muß sich wegen Trunkenheit im Verkehr verantworten. Der Prozeß ist für 10.45 Uhr angesetzt.

Er wird nichts bestreiten. Es käme sonst nur noch teurer. In der Anklageschrift steht schwarz auf weiß, was in jener Nacht, da er von der Funkstreife aus dem Verkehr gezogen wurde, die Blutuntersuchung ergeben hat. Nämlich zwokommavier Promille.

Er rechnet mit Bewährung, einer saftigen Geldbuße und Führerscheinentzug auf eine bestimmte Zeit ... Das wird er überstehen.

Das wird bei weitem nicht so schlimm sein wie dann im Mladek-Prozeß, wenn sie ihn als Zeugen vernehmen werden; wenn sich alle Blicke auf ihn konzentrieren, wenn ihn der junge Mladek von der Anklagebank her vorwurfsvoll anstarrt, wenn er die Fragen des Richters und des Staatsanwalts beantworten muß, wenn ihn der Verteidiger in die Mangel nimmt und die Alibifrage aufrollt... Bei diesen Gedanken wird ihm ganz übel.

Er lehnt sich an die Wand. Der Staubsauger jault im Leerlauf. Das Ding macht ihn ganz verrückt. Er schaltet den Motor ab und geht in die Küche, um sich mit einem Schnaps zu stärken. Er genehmigt sich gleich zwei.

In diesem Augenblick schlägt die Hausglocke an.

Er hört, wie Agnes öffnet und mit jemand spricht. Er pirscht sich zum Terrassenfenster und blickt durch den Vorhang nach draußen.

Bäumler.

Er redet auf Agnes ein und deutet zur Garage hinüber. Dann verschwindet er.

Bielmeier schwant nichts Gutes.

Schon steht Agnes im Zimmer. «Los, mach Schluß mit der Putzerei und zieh dich an», ordnet sie an, ohne eine nähere Erklärung zu geben.

Er malt sich in der Phantasie aus, wie er ihr mit Genuß die Gurgel zudreht. «Was is'n los?»

Schließlich läßt sie sich zu einer Antwort herab: «Bäumler will auf den Friedhof. Sein Wagen ist in der Werkstatt. Er fragt, ob wir ihn nicht hinbringen könnten... Machen wir selbstredend.»

«Und was soll ich dabei? Du fährst doch», muckt er auf.

«Du kommst mit, basta!»

Er explodiert fast vor Wut. Er hat eine scharfe Erwiderung auf der Zunge. Aber ehe er sie loswerden kann, fährt sie ihn an:

«Bist du wirklich so blöd? Wenn du dich drückst, macht sich Bäumler prompt Gedanken!»

Das sieht er schließlich ein. Er rasiert sich und steigt in einen gedeckten Straßenanzug. Agnes hat ihr Jägerkostüm angezogen. Sie holt den Wagen aus der Garage, und er folgt ihr.

Er zwingt sich, Bäumler ein freundliches, unbefangenes Gesicht zu zeigen. Sie fahren los.

Bielmeier hockt am Beifahrersitz. Bäumler hat im Fond Platz genommen. Er trägt einen dunklen Trenchcoat und einen schwarzen Hut. Außerdem hat er eine schwarze Krawatte an. Sein Gesicht ist ausdruckslos.

Sie reden vom Wetter und vom Verkehr.

Bäumler wundert sich, daß sie fährt. Agnes gibt sich gesprächig. Das habe seinen Grund, haha – ihr Mann habe bei einer Vereinsversammlung ein wenig über den Durst getrunken, nicht wahr ... Na, Sie wissen schon!»

Bäumler bringt plötzlich das Gespräch auf den bevorstehenden Prozeß gegen Mladek. «Ach, was nützt es, wenn sie ihn verurteilen – davon wird die Senta ...» Er schließt kurz die Augen. «Davon wird das Kind auch nicht wieder lebendig.»

Schweigen.

Bielmeier hat längst den häßlichen Verdacht, daß Bäumler diese Fahrt zum Friedhof nur arrangiert hat, um ihn zu treffen. Das Manöver ist doch zu durchsichtig ... er nimmt sich vor, einfach auf stur zu schalten. Der kann mich mal.

Agnes fährt die Route Marienbergstraße, Flughafen-/Bucher Straße. Der Tag ist freundlich, trocken. Ein sonniger Frühherbsttag. Bei der Einmündung der Pirkheimer Straße öffnet sich nach links der Blick auf die Burganlage mit dem Sinnwellturm. Das Kulissen-Nürnberg der Touristen.

Agnes biegt nach rechts in die Johannisstraße ab. Sie fühlt sich unbehaglich. Auch sie hat Bäumler in Verdacht, diese Friedhofsfahrt mit einer ganz bestimmten Absicht inszeniert zu haben.

Weiß er etwas Konkretes? Kaum anzunehmen – woher denn? – Ahnt er etwas? Oder ist es nur ein Versuch, um die Reaktion der Bielmeiers zu überwachen? Oder ... Ist es Bäumler womöglich wirklich nur darum gegangen, sich von seinen Nachbarn zum Friedhof bringen zu lassen, weil es die einfachste Möglichkeit ist?

Die Einsilbigkeit im Wagen wird allmählich peinlich. Schließlich sagt Bäumler unvermittelt:

«Ich bin Ihnen wirklich dankbar, daß Sie sich die Mühe machen, mich ...»

«Nicht der Rede wert», schneidet ihm Agnes das Wort ab. «Das ist doch eine Selbstverständlichkeit unter guten Nachbarn ...»

Diese Heuchelei ist zum Kotzen, denkt Bielmeier und starrt reglos auf die Fahrbahn.

Auf den Parkplätzen an der Nordseite des Westfriedhofes ist an diesem Vormittag kaum ein freier Platz zu entdecken. Endlich fährt ziemlich weit hinten einer weg. Dort kann Agnes den Wagen abstellen.

Bielmeier läßt Bäumler aussteigen und will dann im Wagen warten. Während Bäumler langsam vorangeht, zischt Agnes ihrem Mann zu:

«Komm schon, du Waschlappen – wir können uns das nicht leisten!»

Die nächste halbe Stunde ist eine einzige Farce.

Agnes kauft beim Blumenstand am Friedhofseingang ein Nelkengebinde für zehn Mark. Schweigend geht man zum Grab. Bielmeier trottet wie in Trance hinter den beiden her. Eine unsägliche Gleichgültigkeit ist über ihn gekommen: Soll doch geschehen was will! Die ganze Welt kann mich mal – jawohl: Die ganze Welt!

An Sentas Grab verweilen sie stumm.

Ein großer Berg von Kränzen liegt noch auf dem Grabhügel. Die Blumen sind verwelkt, die Kranzschleifen vom Regen verwaschen. Ein riesiges Nelkengebinde, das Sentas Schulklasse gespendet hat, ähnelt einer struppigen Bürste. Agnes legt die frischen Nelken dazu.

Bäumler steht so, daß er Bielmeier von der Seite betrachten kann. Zufall oder Absicht?

Agnes läßt ihren Blick unauffällig zu Bäumler hinübergleiten. Seine Miene ist verschlossen.

Wie lange stehen sie schon hier – zwei Minuten, fünf Minuten? Es ist zum Davonlaufen... Bielmeier hat die Hände vor dem Bauch gefaltet. Er starrt auf die welken Kränze. Er hat sich in eine Betäubung geflüchtet, die eine Andacht vortäuscht.

Endlich beugt sich Bäumler vor und macht über dem Grab ein Kreuzzeichen. Agnes wiederholt die Geste. Bielmeier unterdrückt ein Rülpsen.

Auf dem Rückweg fällt kein Wort. Die Bielmeiers wissen nicht, wie sie mit Bäumler dran sind. Der schweigt sich aus.

Beim Friedhofsausgang eröffnet er ihnen plötzlich: er habe noch einige Besorgungen in der Stadt zu erledigen; er wolle sie nicht länger aufhalten – sie möchten doch bitte schon zurückfahren... Er bedankt sich in seiner behutsamen Art und sagt dann mit der Andeutung eines Lächelns: «Ich möchte mich gern revanchieren. Darf ich Sie für heute abend einladen? Wir könnten einen guten Tropfen trinken...» Seine Miene verfinstert sich, und er ergänzt nachdenklich: «Ich gebe zu, es hat noch einen anderen Grund – ich möchte einfach nicht allein sein.»

Bielmeier glotzt grimmig in die Gegend, und Agnes hat eine verkrampfte Freundlichkeit im Gesicht. Bäumler scheint es nicht zu bemerken. Er blickt über sie hinweg.

«Es ist... Eigentlich wollte ich Sie nicht damit belästigen; Sie haben schließlich Ihre eigenen Sorgen. Aber da ist eine sonderbare Sache, die mich bedrückt...»

Bielmeier läuft rot an. Seine Alte merkt, daß er unbeherrscht reagieren will, und fängt ihn noch rechtzeitig ab.

«Sie können mit uns rechnen, Herr Bäumler. Wenn Sie glauben, wir könnten Ihnen irgendwie behilflich sein?»

«Wissen Sie», entschuldigt er sich, «in meiner Situation gibt es eben Stunden, da braucht man eine Ansprache, sonst dreht man durch. Es ist ... Aber lassen wir das jetzt! Wir können heute abend darüber sprechen. Ich darf Sie also erwarten?»

Man verabschiedet sich.

Bäumler geht auf dem Nordwestring in Richtung Maximilianstraße davon, und die Bielmeiers marschieren zum Parkplatz.

Auf der Rückfahrt wagt Bielmeier zu meutern.

«Das merkt doch 'n Blinder mit Krückstock, daß der für die Kripo arbeitet! Alles Theater, alles Scheiße!»

«Ach, halt doch den Mund!» Sie muß nachdenken.

Bielmeier ist aus seiner Lethargie erwacht. Er ist fast wieder am Flennen. «Der will mich fertigmachen! Der will, daß ich im Prozeß aus den Latschen kippe. Wer das nicht merkt ... Merkste das nich?»

«Du siehst Gespenster.»

«Alles Scheiße!» lamentiert er. «Dann gehste eben heut abend allein zu dem Kerl!»

«Quatsch. Du kommst mit. Bäumler ist im Gegensatz zu dir nicht auf den Kopf gefallen. Der könnte gerade erst dann Verdacht schöpfen, wenn du dich drückst!»

Er wird sie noch umbringen, das ist sicher. Irgendwann. Eines Tages wird er den Mut aufbringen ... Bielmeier versinkt in dumpfes Brüten.

Er weiß nicht, wie das alles enden soll.

Bäumler hat ein Taxi genommen und läßt sich in die Innenstadt bringen. Er steigt beim Kartäusertor aus und betritt das Restaurant. Er hat sich hier mit einem Geschäftskollegen verabredet.

Der wartet schon.

Zu dieser Stunde ist hier nicht viel los. Nur vereinzelt sitzen ein paar Leute an den Tischen herum.

«Servus. Schön, daß du gekommen bist», sagt Bäumler und begrüßt Färber, einen Mann von Ende Fünfzig mit graumeliertem Haar. Er ist etwas beleibt und trägt einen sorgfältig gestutzten eisgrauen Kinnbart.

«Ist doch keine Frage», winkt er ab. «Und? Wie steht's?»

Bäumler bestellt sich einen Schoppen Bocksbeutel – vor Färber steht bereits einer – und sagt nachdenklich: «Es ist vielleicht alles Einbildung; vielleicht hat mich der Schock nach Sentas Tod ein bißchen durcheinandergebracht – ich weiß es nicht ... Aber ich kann mir nicht helfen: Ich traue diesem Bielmeier nicht. Rein gefühlsmäßig.»

«Gefühle sind keine Beweismittel, mein Lieber.»

«Wem sagst du das. Bei der Polizei zählen nur Fakten ... Sie haben, soweit ich informiert bin, schon so viel Indizien beisammen, daß sie den Mladek zweimal verurteilen können. Aber war's der Junge wirklich? Etwas sträubt sich in mir dagegen ... Vielleicht ist es dumm; wahrscheinlich hat er's getan.»

«Und so führst du deinen privaten Psycho-Krieg gegen diesen Bielmeier – in der Hoffnung, daß er sich irgendwie verraten könnte, nicht wahr?»

Bäumler nickt. «Ich habe neuerdings sogar den Verdacht, daß ihn seine Frau deckt.»

«Gibt's dafür konkrete Anhaltspunkte?»

«Natürlich nicht. Nur so eine Idee.»

Färber betrachtet seine Zigarre nachdenklich. «Hoffentlich bleibst du bei deinen ... Nun, sagen wir mal, ‹Experimenten› innerhalb der Grenzen der Legalität und pfuschst der Polizei nicht ins Handwerk. Davor muß ich dich warnen, mein Lieber.»

«Ich weiß, wie weit ich gehen kann. Es ist im Grunde alles nur ein harmloses Spiel, das die anderen unsicher machen soll. Mehr nicht. Und du weißt, Leute, die unsicher sind, machen leichter einen Fehler ... Wenn die beiden nichts damit zu tun haben, ist das alles gegenstandslos.»

«Und wie soll's weitergehen?»

«Ich hab dir schon erzählt, wie Bielmeier auf meinen Test mit Sentas Tonbändern reagiert hat. Wenn er je schuldig sein sollte, so hatte er sich verdammt unter Kontrolle.»

«Ja, das hast du mir erzählt. Und was hast du jetzt vor?»

«Heute habe ich die Bielmeiers gebeten, mich zum Friedhof zu fahren. Ich habe gesagt, mein Wagen ist in der Werkstatt, was ja auch stimmt ...»

«Und?»

«Am Grab habe ich sie beide unauffällig beobachtet. Ich weiß nicht ... Ach, ich bin mir einfach nicht sicher.»

«Unsichere Leute machen leicht Fehler, hast du eben gesagt.»

«Ja ... Aber ich möchte doch noch einen Versuch starten. Und du sollst mir dabei helfen.»

«Gern. Wenn's nichts Illegales ist ...»

«Du brauchst nur zweimal bei mir anzurufen. Nur meine Rufnummer wählen, damit es bei mir läutet – das ist alles.»

«Und wann?»

«Heute abend. Sagen wir einmal so gegen dreiviertel neun. Und dann noch mal gegen halb zehn ... Das ist alles.»

«Na gut. Und wo liegt dabei der Witz?»
«Ich denke mir die Sache so ...» Und er erzählt dem anderen, wie er sich die Sache denkt.

Bielmeier hat den ganzen Nachmittag im Keller zugebracht. Er hat seine schmutzige Wäsche in die Maschine gestopft und mit Mühe und Not das Waschprogramm der Automatik einstellen können.

Nachher hat er die sauberen Klamotten aus der Trommel genommen und sie in die Wäscheschleuder gepackt. Es sind vier kurze Unterhosen, vier Unterhemden, fünf Paar Socken, drei Handtücher und zehn Taschentücher.

Die Trockenschleuder lärmt. Aus dem Abflußventil strömt ein dikker Strahl trüber Waschbrühe.

Dann schaltet er die Schleuder ab, hängt die einzelnen Stücke auf die Trockenleine und befestigt sie mit Wäscheklammern.

Um vier ist er fertig.

Seine Alte liegt auf der Wohnzimmercouch und liest in einer Frauenzeitschrift einen Artikel über das Liebesleben eines gewissen Curd Jürgens.

Bielmeier kramt in der Küche herum. Er kocht sich einen Tee. Er gießt die halbe Tasse voll Rum und füllt den Rest mit Tee.

Trübselig schlürft er das Getränk. Anschließend muß er noch die Küche aufräumen, das Geschirr spülen und die Chromteile des Elektroherdes polieren.

Darüber wird es fünf. Er hat noch zwei Stunden Zeit, um sich hinzuhauen. Er geht nach oben in sein Zimmer, wirft sich auf das Bett und schläft ein.

Er träumt wilde Sachen. Er geht über eine Wiese mit hüfthohem Gras. Vor ihm watschelt Agnes und singt ein Wanderlied. Es klingt gräßlich falsch. Der Refrain besteht nur aus zwei Wörtern: *Scheiß-kerl, Scheiß-kerl* ... Er folgt ihr erschöpft und versucht sie einzuholen, um von hinten einen Handkantenschlag in den Nacken ... Aber sie ist ihm immer fünf Schritte voraus. Unentwegt kreischt sie das Lied. Er stürzt und knallt mit dem rechten Knie auf einen eisernen Gegenstand, der verborgen im Gras liegt. Er fühlt einen stechenden Schmerz, und das Blut läuft an seinem Schienbein hinab. Sie sieht es und klatscht in die Hände: «Scheiß-kerl, Scheiß-kerl ...» Er greift nach dem Eisen. Es ist die rostige Kralle einer alten Pflugharke. Er packt das Eisen und stürzt sich auf Agnes. Es knirscht. Das Eisen spaltet ihr den Schädel. Sie bleibt aber ruhig stehen, wischt sich lachend das Blut aus dem zertrümmerten

Gesicht und singt unentwegt: «Scheiß-kerl, Scheiß-kerl...» Er drischt noch einmal auf diesen gespaltenen Schädel ein. Und da ist sie über ihm und tritt ihm mit ihrem genagelten Wanderschuh in den Brustkorb...

Es schmerzt so, daß er hochfährt.

Agnes hat ihm mit der flachen Hand auf die Brust geschlagen. «Schluß mit der Pennerei», sagt sie kalt. «Zieh dich an. Es ist gleich soweit.»

Er denkt mit Grausen an den bevorstehenden Besuch bei Bäumler.

Kurz nach der Tagesschau läuten sie beim Nachbarn.

Er öffnet. Er trägt einen feierlichen Abendanzug. Was soll'n der Quatsch? denkt Bielmeier.

Bäumler führt sie ins Wohnzimmer.

Auf dem Couchtisch mit der schweren Marmorplatte stehen drei Weingläser. Zwei Stehlampen und die achtarmige Deckenbeleuchtung sind eingeschaltet. Festbeleuchtung.

Damit ihm ja keine Regung entgeht, denkt Bielmeier.

Auf dem Bücherbord der Wohnzimmerwand steht ein gerahmtes Brustbild von Senta. Rechts oben ein Trauerflor.

Bielmeier wünscht sich ein Erdbeben, einen Tornado, notfalls einen Atomschlag, um einen Anlaß zu bekommen, aus diesem Haus zu verschwinden. Agnes gibt sich laut und gesprächig. Bäumler spielt den zwar zurückhaltenden, jedoch liebenswürdigen Gastgeber.

Er holt aus der Küche einen 1977er Côtes du Rhône. «Ich hoffe, daß es Ihr Geschmack ist...» Er hält ihnen die Flasche wie ein Ober entgegen.

Bielmeier wischt sich mit dem Taschentuch über die Stirn. Er trägt wieder sein Floridahemd. Unter den Achselhöhlen zeichnen sich bereits Schweißflecken ab.

Agnes hat eine marineblaue Bluse und einen gleichfarbigen Satinrock an. Ganz Dame... Die Kuh.

Bäumler füllt die Gläser. Der rote Franzose plätschert. «Worauf wollen wir trinken?» fragt er und erhebt sein Glas.

Agnes, etwas zu hastig: «Auf gute Nachbarschaft, nicht?»

Bielmeier kommt der kalte Kaffee hoch. Er schaltet wie schon am Vormittag bei der Friedhofsszene auf stur und schweigt vor sich hin.

Bäumler paßt die Konversation dem Niveau seiner Gäste an. Er spricht nicht von Literatur, nicht von den Neuerscheinungen in der gehobenen Belletristik und auch nicht von einer schon fast historischen Aufnahme von Dvořáks Neunter mit dem NBC-Orchester unter Toscanini, auf die er besonders stolz ist. Nein – er begnügt sich damit, die Rede auf alltägliche, banale Dinge zu bringen. Er siedelt die Konversation auf dem Niveau der Klatschmagazine und der Bildzeitung an.

Er findet dabei eine auf diesem Sektor belesene Gesprächspartnerin. Bielmeier bleibt einsilbig. Nur sporadisch gibt er seinen Senf dazu. Schließlich erschöpft sich der Gesprächsstoff, und man schweigt sich an.

Bäumler weiß nichts Besseres, um die peinliche Stille zu überbrücken: Er holt eine neue Flasche und füllt die Gläser nach.

Schließlich kann Agnes ihre Neugier nicht mehr länger zügeln. Sie erinnert Bäumler an jene Bemerkung, die er heute vormittag am Friedhof gemacht hat.

«Ja, ich wollte jetzt eben darauf zu sprechen kommen», lächelt Bäumler gezwungen. Er macht eine lange Pause und blickt die Bielmeiers nacheinander an. Dann schaut er unauffällig auf seine Armbanduhr: Gleich dreiviertel neun, denkt er; jetzt müßte jeden Augenblick Färbers Anruf...

Er sagt: «Sehen Sie, die Sache ist die...» Er zögert. «Seit Tagen bekomme ich ganz sonderbare Anrufe. Anonyme, versteht sich...»

Und wie verabredet schrillt in diesem Augenblick der Fernsprecher in der Diele. Bäumler bleibt sitzen. Er tut so, als wolle er es ignorieren.

«Telefon», sagt Agnes.

Er erhebt sich zögernd und geht fast widerwillig nach draußen – so, als fürchte er sich vor etwas.

Sie hören im Wohnzimmer, wie er sich am Apparat meldet. Dann lange kein Laut. Schließlich er, hörbar erregt:

«Hallo – wer spricht denn da? Halloo...»

Lange Pause. Man hört, wie er auflegt.

Er kommt ins Zimmer zurück, stützt sich wie beiläufig gegen die Tür und sagt benommen: «Das war er wieder...»

«Der anonyme Anrufer?» fragt Agnes wißbegierig.

Bäumler nickt. Er füllt mit unsicherer Hand sein leeres Glas halbvoll und trinkt es mit einem Zug aus. «Es mag vielleicht irgendein harmloser Halbirrer sein, der sich einen schlechten Scherz erlaubt – aber es nervt mich. Es wird allmählich unerträglich...»

Bielmeier dreht sein Glas zwischen den Fingern und starrt teilnahmslos hinein.

Agnes kann sich vor Neugier kaum noch unter Kontrolle halten: «Was will der Kerl von Ihnen? Was sagt er denn?»

«Er behauptet...»

«Ja?»

«Ich weiß nicht, ob ich es Ihnen sagen soll...» Er wirkt unsicher, betreten. «Es könnte Sie tief treffen.»

«Mich?»

«Sie, Ihren Mann ...»

Bielmeier hätte fast das Glas zwischen den Händen zerdrückt. Was kommt jetzt?

«Das versteh ich nicht.» Agnes beugt sich weit vor.

Bäumler geht ein paarmal auf und ab. Er bleibt bei dem Bücherbord stehen und starrt auf die Bücher, als wollte er sie zählen. Ohne sich den Bielmeiers zuzuwenden, sagt er:

«Der Mann, der mich ständig belästigt – ja, es ist eine Männerstimme; sie klingt zwar verstellt, aber es ist ein Mann ... Dieser Kerl behauptet, Mladek sei völlig unschuldig; Senta sei von einem Mann aus der unmittelbaren Nachbarschaft ermordet worden ...»

Agnes sinkt in den Sessel zurück, etwas blaß um die Nasenspitze, und nickt wie eine Puppe. «Das heißt», flüstert sie, «der Anrufer beschuldigt ...»

«Ihren Mann, ja ... Es ist idiotisch, es ist ein ganz makabrer Scherz ... Ich hätte Sie erst gar nicht damit behelligen dürfen», sagt Bäumler, offensichtlich verlegen, und mustert seine Gäste.

Deren Reaktion enttäuscht ihn.

Bielmeier schüttelt den Kopf, als hätte er den schlechtesten Kalauer der Saison gehört. «Den Zweiten Weltkrieg hab ich auch angefangen – aber sagen Sie's nicht weiter.» Endlich kann er mal die Wahrheit sagen ... Aber die beiden haben nicht zugehört.

Agnes, resolut: «Sie haben es natürlich der Polizei gemeldet?»

Bäumler verneint: «Aber wenn der Unfug nicht aufhört, muß ich es wohl ...»

Agnes setzt alles auf eine Karte – Angriff ist die beste Verteidigung: «Sie müssen es melden, wenn das so weitergeht – gar keine Frage! Nehmen Sie auf uns keine Rücksicht.»

Bielmeier staunt, wie kaltschnäuzig seine Alte sein kann.

Bäumler ist bemüht, den Zwischenfall zu überspielen und zu bagatellisieren. Es ist anders gelaufen, als er gehofft hat. Das hat ihn unsicher gemacht – mehr, als er sich eingestehen will. Er hat sich offenbar doch nur in eine fixe Idee verrannt ... Er füllt die Gläser nach und gibt sich liebenswürdig. Dabei hat er das ungute Gefühl, die beiden könnten sein Spiel durchschaut haben.

«Vergessen wir's», sagt er. «Ich denke, wenn ich künftig bei seinem Anruf einfach auflege, gibt der Bursche von selbst auf.»

Agnes wiegt bedenklich den Kopf. «Ich weiß nicht – so was sollte man nicht einreißen lassen ...»

Um halb zehn brechen sie auf.

Als Bäumler seine Gäste durch die Diele geleitet, läutet abermals der Apparat.

Der zweite mit Färber vereinbarte Anruf.

Bäumler hebt mit spitzen Fingern ab, als müßte er sich beschmutzen, lauscht mit gerunzelter Stirn und wirft den Hörer auf die Gabel. «Widerlich», sagt er mit gespielter Abscheu.

«Wieder der Kerl?» fragt sie.

Bäumler nickt stumm.

«Sie sollten doch etwas dagegen unternehmen, Herr Bäumler.»

Kaum ist Bielmeier wieder in seinen eigenen vier Wänden, bröckelt die mühsam aufrechterhaltene Fassade des Gleichmuts von ihm ab. Die aufgestaute Wut, die Angst und der Zwang zur Verstellung während der letzten Stunden – das alles hat ihn fertiggemacht.

«Jetzt is alles aus, jetzt können wir einpacken», jammert er weinerlich.

Es zuckt Agnes in der Hand, aber sie schlägt nicht zu. «Dann geh doch und stell dich ... Wenigstens bin ich dich dann los. Für immer!» Sie läßt ihn einfach stehen und geht in ihr Zimmer.

Aber der Besuch bei Bäumler hat ihr ebenfalls zugesetzt. Sie hat eines erkannt: Egal, ob die anonymen Anrufe echt oder nur fingiert sind – Bäumler ist für sie beide zum Risikofaktor Nummer Eins geworden.

Sie spürt instinktiv: Bäumlers Freundlichkeit ist nur Maske.

27. September

SECHSUNDDREISSIG TAGE DANACH

Mittwoch.

Bielmeier betrachtet die Tage bis zum 13. Oktober, bis zum Mordprozeß gegen Horst Mladek, nur noch als eine Galgenfrist.

Nur noch drei Wochen, dann wird alles aus sein. Er traut sich die Kraft nicht mehr zu, die Tortur im Zeugenstand durchzustehen.

Heute erlebt er schon einen kleinen Vorgeschmack auf den 13. Oktober. Er wartet im Flur des Amtsgerichts auf seinen Aufruf.

Es wird halb zwölf, bis sein Fall verhandelt wird. Denn die Verkehrsrichter sind überlastet, weil es unter anderem auch ziemlich viele Leute wie Bielmeier gibt, die mit ihrem Fahrzeug im angetrunkenen Zustand die Straßen unsicher machen.

Dann wird sein Name aufgerufen.

Im grauen, düsteren Sitzungssaal blicken ihm drei Roben entgegen. Der junge Staatsanwalt mustert ihn abschätzend, der Richter schlägt routinemäßig die Akte *Bielmeier* auf, und eine Protokollführerin wedelt gelangweilt mit dem Kugelschreiber.

Die Roben bereiten Bielmeier seelisches Sodbrennen. Sie wirken zutiefst deprimierend auf ihn. Wie schwarze Trauerfahnen, die zu seinem baldigen Untergang gehißt worden sind.

Der Zuhörerraum ist fast leer. Verkehrsprozesse sind bei den Gerichtssaalhockern nicht gefragt. Da gibt's keine Sensationen; nur juristischen Kleinkram.

Ein blonder Mittzwanziger mit Hornbrille ist der einzige Zuhörer. Er betrachtet Bielmeier mit versteckter Neugier. Er hat einen Notizblock auf den Knien liegen.

Bielmeier gibt sich keinen Illusionen hin. Sogar hier wird er von der Kripo beschattet. Diese Erkenntnis trifft ihn tiefer als der Prozeß selbst, der rasch und routinemäßig über die Bühne geht, zumal er, Bielmeier, nichts bestreitet.

In zwanzig Minuten ist alles vorbei.

Der Staatsanwalt hat wegen Trunkenheit im Verkehr einen Monat Freiheitsstrafe auf Bewährung beantragt, weil er, Bielmeier, noch nicht einschlägig belastet ist. Die Strafe soll auf drei Jahre ausgesetzt werden. Das heißt, wenn er, Bielmeier, sich in den nächsten drei Jahren straffrei führt und bestimmte Auflagen erfüllt, wird ihm die Strafe erlassen. Als Auflage soll er, Bielmeier, 1000 Mark Geldbuße an das Rote Kreuz zahlen. Der Führerschein soll ihm, Bielmeier, noch auf weitere neun Monate entzogen werden.

Der Richter hat sich im Sinne dieses Antrags entschieden. Berufung? Nein? Das Urteil ist rechtskräftig.

«Die Zahlkarten für die Geldbuße werden Ihnen noch zugeschickt», heißt es, denn Bielmeier darf die Buße in fünf Monatsraten zu je zweihundert Mark abstottern.

Kaum ist die Verhandlung geschlossen, verläßt er den Gerichtssaal wie einer, der vor einem ausgebrochenen Brand flüchtet. Er möchte dieser Robenatmosphäre so schnell wie möglich entkommen. In der Eile vergißt er seinen Hut.

Draußen im Flur stehen Leute herum. Anwälte mit dicken Aktenmappen und gestikulierende Klienten debattieren über gewonnene oder verlorene Prozesse.

Bielmeier eilt zum Ausgang.

Jemand ruft ihm nach: «Hallo! Warten Sie doch! Hallo!»

Bielmeier ist nur von dem einen Gedanken beherrscht: Fort von hier, raus aus dem Bau!

Wenige Meter vor dem Ausgang hat ihn der Blonde mit der Hornbrille eingeholt. «He, Sie – Ihr Hut ... Sie haben Ihren Hut vergessen!»

Bielmeier nimmt ihn stumm entgegen. Er bringt kein Wort über die Lippen. Der Schreck sitzt ihm in den Gliedern.

Der junge Mann mit der Hornbrille wundert sich. «Mann, hat Sie der Prozeß so geschlaucht? Dabei sind Sie noch relativ billig davongekommen ... Bei zwokommavier Promille kommt der Spaß meistens teurer ... Ich bin Gerichtsreferendar, ich spreche aus Erfahrung», ergänzt er.

Bielmeier grunzt etwas, was wie «Danke» klingt, und stürzt davon.

Der mit der Hornbrille blickt ihm kopfschüttelnd nach. «Typen gibt's!» staunt er.

Es ist kühl, und es regnet fein. Dennoch fühlt sich Bielmeier irgendwie befreit. Der Verkehr ringsum lullt ihn ein. Er glaubt sich von der Anonymität der Straße beschützt.

Er blickt sich um. Nein, der Blonde mit der Hornbrille ist nicht zu entdecken.

Entkommen!

Aber es bleibt ihm doch nur eine Galgenfrist. Die Tage bis zum 13. Oktober vergehen, zerfließen ... Er möchte wenigstens diese kurze Zeit noch leben.

Er hat beschlossen, an diesem Tag die Arbeit zu schwänzen. Es ist sowieso gleich Mittag. Es lohnt sich nicht mehr, ins Werk nach Langwasser zu fahren ... Es gibt schließlich auch noch die Luise Hölzl. Sie wohnt hier in der Nähe. Drüben in der Maximilianstraße.

Sie war acht Wochen in Amerika bei ihrer dort verheirateten Tochter. Inzwischen müßte sie wieder im Land sein.

Luise Hölzl ist schon fünfundvierzig, aber noch gut beieinander. Er hat schon öfter mit ihr geschlafen. Ihr Mann ist wegen eines chronischen Knochenmarkleidens in einem Sanatorium untergebracht. Sie ist seit zwei Jahren beim Wanderclub ‹Edelweiß› Mitglied. Dort hat er sie kennengelernt.

Er geht die Maximilianstraße in Richtung Nordring entlang, die Hausnummern musternd. Und immer wieder wirft er einen Blick zurück. Die Hornbrille? – Nichts ... Gott sei Dank.

Bielmeier sehnt sich nach einer Frau, die ein gutes Wort für ihn übrig hat, die ihm einmal einen zärtlichen Kuß gibt, die ihm ein gutes Essen zubereitet und ihm mit der Hand unters Hemd fährt und seine nackte

Haut streichelt ... Lieber Himmel, gibt's denn so etwas überhaupt noch?

Er befürchtet, Luise Hölzl nicht anzutreffen. Er zählt die vorbeifahrenden Autos. «Wenn der fünfte Wagen ein VW ist, dann klappt es», redet er sich Mut zu. Der fünfte Wagen ist ein alter Opel Admiral.

Er denkt, das gilt nicht. Noch einmal. Diesmal ist der fünfte ein schwerer US-Truck, der die Luft mit schwarzen Auspuffwolken verpestet.

Das Miethaus hat eine verwitterte Fassade. Mörtel bröckelt ab. Vier Stockwerke. Er drückt den Klingelknopf neben dem Namensschildchen *Hölzl*.

Der Türöffner bleibt stumm. Bielmeier läutet noch mehrere Male. Vergeblich. Da wird die Tür von innen geöffnet.

Eine alte Frau mit einer Einkaufstasche erscheint. Sie beguckt ihn neugierig und schlurft dann mit kleinen Gichtschritten davon.

Er ist rasch ins Haus getreten und steigt die enge, glattpolierte Holztreppe hinauf. Es riecht nach Küchendunst. Im ersten Stock duftet es nach Sauerkraut, im zweiten nach verbrannten Zwiebeln, und im dritten läßt sich der Geruch nicht mehr definieren.

Luise Hölzl wohnt im vierten Stock. Von der Korridortür blättert der braune Lack ab. Die Glocke rasselt wie ein alter Wecker.

Niemand zu Hause.

Niedergeschlagen hockt er sich auf die oberste Treppenstufe und legt das Gesicht auf die Knie. Er steigert sich in eine Untergangsstimmung hinein. Soll ihm doch die ganze Welt den Buckel runterrutschen.

Dann sagt er sich wieder: Vielleicht kommt sie gleich; vielleicht war sie nur einkaufen ... Bestimmt wird sie gleich da sein, wird mich freudig begrüßen, wird mir was kochen. Und dann ... Erinnerungen lassen ihn sein Elend vergessen.

Sie ist klein, aber üppig gebaut. Ihre Brüste sind schwer, aber noch straff. Die Hüften sind breit, und das Schamhaar hat sie ganz kurz geschoren ... Sie haben es im Bett getrieben, auf dem Fußboden, einmal sogar in der Küche, als Luise nur eine Schürze trug und sich beim Bügeln frivol vorbeugte ...

Bielmeier ist erregt. Er malt sich die Szene immer wieder aus. Er sieht ihr Gesicht mit den zwei Lebefalten um den Mund mit den leicht aufgeworfenen Lippen, ihre dunklen, frechen Augen, ihr braunes Haar mit dem Herrenschnitt ... Er bedauert, daß er sie nur gelegentlich gesehen hat. Doch sie hat es zur Bedingung gemacht. Sie will kein Dauerverhältnis. Nur ab und zu mal.

Bielmeier weiß nicht, wie spät es geworden ist, als er hört, wie Leute die Treppe heraufkommen. Die Stufen knarren. Eine Männer- und eine Frauenstimme sind zu vernehmen.

Er ahnt nichts Gutes.

Jetzt tauchen die beiden auf dem Treppenabsatz auf. Luise Hölzl ist in Begleitung. Ein Typ mit breiten Schultern und kantigem Gesicht folgt ihr. Er trägt zwei vollgepackte Plastiktüten. Sie sieht Bielmeier und stutzt.

«Ach – du?» Es klingt nicht sehr begeistert.

Er erhebt sich und wünscht, er wäre nicht gekommen. Sie deutet flüchtig auf ihren Begleiter: «Das ist ein Bekannter, Herr Poppe...»

Er könnte heulen.

Er stammelt etwas davon, daß es nun doch zu spät geworden sei, daß er gehen müsse... Sie wahrt zwar den Schein und lädt ihn zu einer Tasse Kaffee ein, doch er hört nur zu genau heraus, daß es ihr lieber ist, wenn er die Kurve kratzt. Er verabschiedet sich hastig und trampelt die Treppe hinunter.

Wieder eine Niederlage.

Er geht wie betäubt durch die Straßen. Er schlägt den Kragen seines Trenchcoats hoch. Feiner Nieselregen streicht ihm ins Gesicht.

Bei der Haltestelle Maximilianstraße steigt er in die Linie 1 und fährt bis zum Jakobsplatz. An einem Kiosk kauft er sich ein Büchsenbier und eine Bockwurst mit Senf. Er würgt sie hastig hinunter.

Nachher geht er zum Josefsplatz hinüber. Er kauft sich für zehn Mark eine Kinokarte im Pornopalast.

Es läuft ein harter Sexstreifen.

Die Stuhlreihen sind fast leer. Nur vereinzelt sitzen einige Figuren herum. Vielleicht zwanzig, höchstens dreißig, mehr nicht.

Die Akteure auf der Leinwand, Männlein und Weiblein, überbieten sich bei allerlei Bodengymnastik. Aus den Lautsprechern keucht und stöhnt es; es klingt wie zwei Dampfloks, die auf einer Steigung Schwierigkeiten haben.

Einer neben ihm gähnt.

Um halb drei fährt er nach Hause. In Buchenbühl steigt er um viertel nach drei aus dem 41er und marschiert den Märzenweg entlang. Kaum biegt er zum Kuckucksweg ein, kommt ihm prompt die Kneemöller mit ihrem Köter entgegen... Ihm bleibt auch nichts erspart.

Sie überfällt ihn mit einem Wortschwall. Thema Eins: Selbstredend der bevorstehende Mordprozeß gegen Mladek.

«Hoffentlich schicken sie ihn für immer ins Zuchthaus», sagt sie empört; «solche Unholde müssen weg – wenn es nach mir ginge, müßte wieder die Todesstrafe eingeführt werden. Und zwar umgehend!»

Er nickt mechanisch und will gehen. Aber sie hält ihn fest: «Ich habe eine Zeugenladung bekommen – Sie doch auch, nicht wahr?»

Er nickt abermals.

Seine Einsilbigkeit fällt ihr überhaupt nicht auf. «Sie, wenn Sie gesehen hätten, wie dieser junge Gangster nach der Tat aus Bäumlers Grundstück herausgestürzt und wie vom Satan gehetzt mit seiner Höllenmaschine abgebraust ist ... Mein Gott, ich hätte es gleich wissen müssen, daß er ein Mörder ist! Es hätte nicht viel gefehlt, und er hätte mein Prinzeßchen erwischt ...»

Endlich kann er sich von ihr loseisen.

Deprimiert nähert er sich dem Haus, das im Grunde genommen nicht mehr sein Zuhause ist, sondern nur noch eine private Strafanstalt, in der er der Delinquent ist, der schuften muß, und seine Alte die Wärterin, die ihn unter der Knute hat. Und jeden Tag, wenn er aus dem Werk von der Schicht kommt, muß er damit rechnen, schon von der Kripo erwartet zu werden ... Diese tägliche Ungewißheit ist das Schlimmste.

Er rechnet außerdem mit Bäumlers heimlichen Aktivitäten – wer weiß, was der noch alles aushecken wird, um ihn kleinzukriegen.

Bielmeier weiß, jeder Tag, der neu anbricht, ist für ihn wie eine Zeitbombe, die spätestens am 13. Oktober, wenn er als Zeuge auftreten muß, hochgehen kann.

Er stößt die Gartentür auf. Vier, fünf Schritte, und die Haustür ist erreicht.

Verdammt, der Schlüssel klemmt im Schloß ... Kein Wunder; es ist der falsche ...

Bäumler läßt sich nicht blicken.

Bielmeier verschwindet im Haus. Scheiße! Er muß noch einmal zurück zur Gartentür. Er hat vergessen, den Postkasten zu leeren.

Als er wieder ungesehen die Diele erreicht hat, schaut er die Post durch. Reklame, das meiste. Wie üblich ... Und ein Kuvert. Keine Anschrift. Kein Absender.

Er öffnet es. Ein ausgeschnittener Zeitungsartikel fällt heraus. Ein Bericht über den Fall Horst Mladek.

Bielmeier kennt den Artikel, der schon am 24. August, also zwei Tage nach Sentas Tod, erschienen ist. Der Ausschnitt ist mit keiner zusätzlichen Notiz versehen. Nur ein bestimmter Satz ist mit Rotstift unterstrichen:

... bestreitet Mladek nach wie vor heftig, die Tat begangen zu haben. Er behauptet, sich mit Senta Bäumler versöhnt zu haben. Man habe getrunken und gemeinsam Platten gehört – sonst sei nichts gewesen. Weil der Plattenspieler ausfiel und er, Mladek, sich bei dem Versuch, ihn zu reparieren, verletzte, habe Senta Bäumler erklärt, sie wolle nachher den Plattenspieler von dem Nachbar Konrad B. richten lassen, der so etwas könne. Jedenfalls habe Senta, als er, Mladek, das Haus verließ, noch gelebt.

Bielmeier bricht wieder einmal der Schweiß aus. Er kann sich denken, von wem dieser Zeitungsausschnitt stammt. Ganz gewiß eine weitere Intrige von Bäumler ...

Bielmeier läßt sich in der Küche auf einen Stuhl fallen und legt das Papier mit spitzen Fingern auf den Tisch.

Zwei Stunden später, als er sich drei Spiegeleier zubereitet, kommt Agnes. Wie immer grußlos.

Sie entdeckt den Zeitungsausschnitt, der noch auf dem Tisch liegt. «Was soll denn das?»

«Lag im Briefkasten.»

Sie überfliegt die Zeilen. «Schöne Bescherung ... Na ja – dein Bier!»

Er zieht es vor, zu schweigen. Spätestens am 13. Oktober wird sowieso alles aus sein.

Die Galgenfrist ist nur noch kurz bemessen.

13. Oktober
ACHT WOCHEN DANACH

Freitag. Freitag, der Dreizehnte.
Bielmeier hat die ganze Nacht kein Auge zugemacht. Heute ist seine Galgenfrist abgelaufen. Heute werden sie ihn in die Mangel nehmen ...
Nur eines tröstet ihn: Wenn er fällt, fällt auch seine Alte.

Was in den letzten Wochen auf ihn eingestürmt ist und was es zu verkraften galt, hat bei ihm etwas ausgelöst, das ihn letztlich davor bewahrte, in der Klapsmühle zu landen. Er hat sich in seinem Selbsterhaltungstrieb mit einer dumpfen Gleichgültigkeit zu wappnen versucht. Er hat sich gegen die Außenwelt seelisch abgeriegelt, um zu überleben.

Denn eines bringt er nicht fertig und wird auch nie dazu imstande sein: Sich selbst zu stellen. Dafür ist er nicht programmiert.

Noch zweimal hat er im Postkasten unadressierte Kuverts mit Zeitungsausschnitten gefunden, in denen jene Zeilen rot angestrichen waren, die ihn treffen sollten.

Im übrigen hat er vor einigen Tagen eine Benachrichtigung von der Polizei erhalten: Ihm ist mitgeteilt worden, daß die Täter, die ihn am 30. August auf dem Buchenbühler Weg niedergeschlagen haben, nicht ermittelt werden konnten ... Das hat er erwartet. Das hat ihn nicht überrascht. Es spielt auch keine Rolle mehr.

Um acht fahren sie los.

Sie wissen nicht, ob Bäumler schon zum Justizpalast unterwegs ist. Es ist ihnen auch gleichgültig. Soll er sehen, wie er hinkommt. Sein Wagen wird ja wieder in Ordnung sein.

Der Morgen ist diesig, ein wenig grau. Aber es regnet nicht. Agnes fährt und schweigt. Er sitzt neben ihr und blickt stumm geradeaus. Über die Sache hat man sich abgesprochen. Sonst hat man sich nichts mehr zu sagen.

Kurz vor halb neun sind sie da. Die düstere Kulisse des Justizpalastes an der Fürther Straße taucht auf.

Im östlichen Trakt ist das Schwurgericht untergebracht, einst Schauplatz der Kriegsverbrecherprozesse. Hier wurden am 30. September und 1. Oktober 1946 zwölf Nazigrößen zum Tode, drei zu lebenslänglicher Haft und fünf zu zeitlichen Freiheitsstrafen verurteilt. Die zwölf Todesurteile sind auf dem gleichen Areal vollstreckt worden. Ein Hauch von Weltgeschichte ... Bielmeier und die Weltgeschichte.

Sitzungssaal 619, in dem die Jugendstrafkammer tagt, befindet sich im gleichen Trakt, allerdings im Parterre. Endlose Gänge; hohe, gewölbte Fluchten.

Horst Mladek wird von zwei Justizwachtmeistern vorgeführt. Seine Mutter, nur noch ein Schatten ihrer selbst mit verweinten Augen, winkt ihm zu ... Der Junge ist schmäler geworden. Sein Gesicht ist von schlaflosen Nächten gezeichnet.

Die Verhandlung wird um 08.35 Uhr eröffnet.

Der Vorsitzende, ein ruhiger, gelassener Mann mit randloser Brille und gelichteten Haaren, belehrt die Zeugen zur Wahrheitspflicht. Es sind zwei Kriminalbeamte, die Kneemöller, die Bielmeiers, Bäumler, Mladeks Mutter, Bademeister Angermann und Kollege Sägmeister.

Bielmeier versteht kein Wort von der richterlichen Belehrung. Er steht da, versteinert, teilnahmslos. Auf seiner Stirn glitzert es feucht.

Sein Blick sucht in dem nüchternen, mit hellbeigen Tischen und Bänken eingerichteten Saal einen Fluchtpunkt. Die Stirnseite beherrscht ein schlichtes Kreuz.

Für ihn kein Fluchtpunkt.

Bielmeier glaubt, ringsum nur Feindseligkeit zu spüren. Die Roben der drei Richter sind noch bedrohlicher als neulich bei seiner Verkehrssache.

Verkehr.

Schade, daß er nicht noch mal mit der Hölzl ... Wär vielleicht das letzte Mal gewesen. Lebenslänglich, das sind mindestens fünfzehn Jahre. Hinterher kann er bestimmt nicht mehr.

Der Anklagevertreter, ein jüngerer Typ mit adrett gescheiteltem Haar, blättert in der Anklageschrift. Horst Mladek sitzt eingeschüchtert auf der Anklagebank und wirkt verloren. Sein Anwalt, Dr. Holm-Strattner, ein Hüne, hat auf der rechten Wange eine Mensurnarbe. Ein Akademiker von gestern. Sein Haar ist schlohweiß.

Die Zeugen werden bis zu ihrer Vernehmung aus dem Saal geschickt. Der Gerichtsmediziner Dr. Kalkberger wird auf die Sachverständigenbank gewiesen.

Bielmeier und Agnes verdrücken sich in eine Gangnische und halten sich von den anderen fern. Sie haben Bäumler begrüßt und einige nichtssagende Worte mit ihm gewechselt. Eine stumme Feindseligkeit ist zwischen ihnen spürbar geworden.

Um 09.15 Uhr wird Bäumler aufgerufen. Zwanzig Minuten später der erste Kripobeamte, der eine Mappe mit den Ermittlungsergebnissen dabei hat. Eine halbe Stunde danach ist sein Kollege an der Reihe. Schon nach weiteren zwanzig Minuten kommen Mutter Mladek und sechs Minuten später die Kneemöller dran. Dann eine Weile nichts.

10.45 Uhr. «Zeuge Konrad Bielmeier ...»

Er zögert, wischt sich nervös über die Stirn und hört die Warnung, die ihm Agnes zuflüstert:

«Bau bloß keinen Mist!»

Er kümmert sich nicht darum. Er sieht nur die Tür des Gerichtssaals, die wie die Pforte zu einem Hinrichtungsraum geöffnet ist. Ihm ist elend. Er hat das Empfinden, als schwanke der Boden unter seinen Füßen.

Nicht ganz zu Unrecht. Er weiß nicht, daß der Verteidiger mit der Prozeßstrategie angetreten ist, das Indiziengebäude der Ermittlungsbehörde an seiner schwächsten Stelle zum Einsturz zu bringen ... Die schwächste Stelle ist Bielmeiers Aussage und deren Glaubwürdigkeit.

Bielmeier weiß auch nicht, daß Mladek inzwischen auf Anraten seines Anwalts und im Widerspruch zu seiner ursprünglichen Aussage beim Ermittlungsrichter zugegeben hat, am Vormittag des 22. August mit Senta Bäumler geschlafen zu haben. Sie habe sich ihm aus ‹reiner Zuneigung› hingegeben und ihm ‹im Rausch der Leidenschaft› die

Schulterpartie zerkratzt ... Von dieser prozeßtaktischen Variante hat Bielmeier keine Ahnung, als er an das Zeugenpult tritt.

Im vollbesetzten Zuhörerraum wird getuschelt.

Bielmeier stützt sich gegen die Pultplatte. Seine Hände zittern kaum merklich. Mechanisch gibt er seine Personalien an. Seine eigene Stimme klingt ihm völlig fremd.

Er blickt stur gegen die Stirnwand des Saales, als wären die Richter gar nicht vorhanden. Ein Schweißrinnsal sickert ihm hinter der rechten Schläfe zum Ohr hinab, schlägt beim Ohrläppchen einen kleinen Haken und rinnt weiter zum Kinn hinunter ... Schweiß. Ewig Schweiß.

Er fühlt hundert Blicke auf sich gerichtet. Er steht am Pranger. Er fürchtet sich. Aber am meisten fürchtet er den Blick des jungen Mladek. Er hat einen Horror davor, sich der Anklagebank zuzuwenden.

In der vordersten Bank im Saal sitzen Scharli, die Löwenmähne, und seine gesamte Clique. Doch das hat Bielmeier noch gar nicht bemerkt.

Richter und Staatsanwalt haben nicht viele Fragen an ihn. Er braucht praktisch nur seine früheren Aussagen zu bestätigen. Dafür hat der Verteidiger um so mehr Fragen.

Langsam erhebt er sich und betrachtet Bielmeier wie ein Opfer, das er in den nächsten Minuten in der Luft zu zerfetzen gedenkt.

«Herr Zeuge – kommen wir noch einmal auf den Vormittag des 22. August zurück. Wann beschlossen Sie damals, ins Frankenbad zu fahren?»

«Wann? So um halb zehn, denk ich.»

«Was heißt ‹denk ich›? Wissen Sie es genau, oder raten Sie nur?»

Bielmeier neigt den Kopf. «Na ja ...» Er schluckt heftig. «Es war so halb zehn ...»

«Und wann sind Sie wirklich losgefahren?»

Bielmeier fühlt wieder den verdammten Fischgräteneffekt im Hals. Er räuspert sich.

Der Anwalt drängt: «Wann, Herr Zeuge!»

«Ich denke, so fünf nach zehn.»

«Sie denken, Sie denken – können Sie sich nicht präziser ausdrükken?» donnert der Anwalt.

«Ja, um ... Um fünf nach zehn.»

«Und wie spät war es, als Sie bemerkten, daß der Angeklagte mit seinem Motorrad bei den Bäumlers vorfuhr?»

«Etwa um viertel vor zehn.»

Der Anwalt blickt kurz in die Akten und schießt die nächste Frage ab: «Bei der Polizei gaben Sie an, als Sie von daheim wegfuhren, hätten Sie einen Schrei aus Bäumlers Haus gehört. Erinnern Sie sich genau: War es der Schrei eines Mädchens?»

«Schrei? Na ja – ein Ruf, ja? Oder ein Schrei ... Aber ein Mädchen war's. Hundertprozentig.»

«So, ja ... Nun es gibt Freudenschreie; es gibt Schreie, die man aus Übermut ausstößt. Es gibt auch Hilfeschreie, Entsetzensschreie und Schreie, die in Todesangst ausgestoßen werden ... Wie würden Sie den Schrei einordnen, den Sie gehört haben wollen?»

Bielmeier zögert. Er wischt sich mit dem Handrücken über die Wange und das Kinn. Dann sagt er: «Es war 'n Mädchenschrei ... Eben so 'n Schrei! Ich hab mir nichts weiter dabei gedacht.»

«Hm, hm ... Gehe ich recht in der Annahme, daß Sie sofort hinübergelaufen wären, wenn Sie diesen Schrei für einen Hilferuf oder gar für einen Todesschrei gehalten hätten?»

Bielmeier bejaht eifrig. Der Anwalt vermerkt es mit sichtlicher Genugtuung. Er wippt auf den Absätzen und kreist Bielmeier weiter ein:

«Nun, Sie fuhren also fünf nach zehn los ... Wann trafen Sie im Frankenbad ein? Wie lange fährt man überhaupt von Buchenbühl bis zum Marienberg?»

«Knapp zehn Minuten, wenn es keinen Stau gibt.»

«Also waren sie kurz nach viertel elf im Bad?»

«Ich denke schon ... Ja, doch.»

«Herr Zeuge, wann riefen Sie Ihre Frau im Geschäft an?»

«Gleich, wie ich ins Bad kam.»

«Gibt es im Bad einen öffentlichen Fernsprecher?»

«Das nicht. Aber in der Baracke des Schwimmvereins ist ein Anschluß, und die Barackentür und die Fenster waren offen.»

«Herr Zeuge, weshalb haben Sie eigentlich nicht Ihre Frau schon von Ihrer Wohnung aus angerufen? Sie haben doch zu Hause einen Fernsprecher?»

Darauf ist er vorbereitet: «Weil ich da noch nicht wußte, daß ich den ganzen Tag bleiben ...»

In diesem Augenblick platzt dem Staatsanwalt der Kragen: «Herr Vorsitzender, ich bitte doch zur Kenntnis zu nehmen, daß der Herr Verteidiger mit seinen Fragen die Verhandlung unnötig verschleppt!»

Der Verteidiger kontert mit seinem dröhnenden Organ: «Herr Vorsitzender, ich verwahre mich gegen diese Unterstellung! Der Herr Staatsanwalt will meines Erachtens damit nur von der Tatsache ablenken, daß schlampig ermittelt worden ist – man hat sich die Sache doch etwas zu leicht gemacht, indem man sich aus vordergründigen Scheinindizien eine Mordtheorie auf Kosten eines unschuldigen jungen Mannes zurechtlegte!»

Der Staatsanwalt schießt hoch wie von der Tarantel gestochen: «Ich verbitte mir ...»

«Aber meine Herren!» lenkt der Vorsitzende ein. «Wir wollen doch keine Schärfe aufkommen lassen. Damit ist keinem gedient!»

Der Anwalt hakt ein: «Ich darf daran erinnern, daß in der ganzen Beweiserhebung eine Lücke klafft: Die Zeugin Kneemöller hat gesehen, daß der Angeklagte viertel vor elf aus Bäumlers Haus kam; mein Mandant selbst beteuert, zu diesem Zeitpunkt habe Senta Bäumler noch gelebt; aus dem Obduktionsbefund wissen wir, daß ihr Tod etwa um elf eingetreten sei ... In dieser Zeitspanne zwischen dem Aufbruch meines Mandanten und dem Eintritt des Todes muß demnach noch ein Dritter das Haus betreten haben – nämlich der Mörder! Und solange die Möglichkeit der Täterschaft einer weiteren Person nicht mit völliger Sicherheit auszuschließen ist, solange ist es meine Pflicht als Verteidiger, alle Entlastungsmomente für meinen Mandanten auszuschöpfen!»

«Herr Vorsitzender», schlägt der Anklagevertreter mit der flachen Hand auf den Tisch, «ich bitte, den Herrn Verteidiger daran zu erinnern, daß es nicht zulässig ist, während der Beweisaufnahme zu plädieren!»

«Aber meine Herren!» versucht der Vorsitzende erneut die Wogen zu glätten, «so kommen wir doch wirklich nicht weiter! Herr Verteidiger, haben Sie noch Fragen an den Zeugen? Aber ich bitte doch, möglichst Wiederholungen zu vermeiden.»

Bielmeier steht Qualen aus. Wann werden sie ihn endlich erledigen? Es kann sich doch nur noch um Minuten handeln ... Wieder fühlt er den Falkenblick des Verteidigers auf sich gerichtet.

«Herr Zeuge, in Ihrer Vernehmung heißt es, Sie hätten damals kurz nach dem Anruf bei Ihrer Frau den Verlust Ihrer Armbanduhr entdeckt. Sie haben demnach die Uhr – sagen wir, großzügig gerechnet – etwa gegen viertel vor elf im Badgelände vermißt ...Kann das etwa stimmen?»

Bielmeier nickt. Er fühlt, daß ein neuer Schlag aus dem Hinterhalt droht. Prompt kommt die Frage:

«Können Sie mir dann einen Grund dafür nennen, Herr Zeuge, weshalb Sie erst um halb zwölf bei dem Bademeister gemeldet haben, daß Ihnen die Uhr abhanden gekommen sei?»

Bielmeier zögert. In seinem Hirn arbeitet es.

Bau bloß keinen Mist! «Warum?» Er muß schlucken. «Weil ... Weil ich erst selbst alles abgesucht hab.»

«Sie suchten demnach eine geschlagene dreiviertel Stunde nach Ihrer Uhr?»

Bielmeier nickt stumm.

Der Anwalt lächelt süffisant: «Sehr interessant, wirklich.» Und er wendet sich mit einer triumphierenden Geste an das Gericht: «Ich darf zusammenfassen – der Zeuge hat praktisch für die Zeitspanne von seinem vorgeblichen Aufbruch am Kuckucksweg um 10.05 Uhr bis halb zwölf, als er sich an den Bademeister Angermann wendete, kein ernstzunehmendes Alibi ... Danke; ich habe keine weiteren Fragen.»

Der Staatsanwalt schießt hoch: «Herr Verteidiger, ich muß mich im Namen des Zeugen ernsthaft dagegen verwahren, daß Sie hier indirekt mit völlig haltlosen Verdächtigungen operieren! Derartig absurde Kombinationen sind selbst unter dem Aspekt der Wahrung Ihrer Mandatsverpflichtung nicht zu verantworten ... Im übrigen, Herr Vorsitzender, vergißt der Herr Verteidiger bei seinen tiefschürfenden Argumentationen die glaubhafte Aussage von Frau Bielmeier!»

Der Anwalt zuckt sarkastisch lächelnd die Achseln und wendet sich dem Angeklagten zu, der wie ein Häufchen Elend den Wortgefechten der Juristen gefolgt ist, ohne ein Wort zu verstehen.

«Wird die Vereidigung des Zeugen beantragt?» fragt der Vorsitzende.

Der Verteidiger besteht darauf.

Der Vorsitzende zu Bielmeier: «Sie können Ihre Angaben mit bestem Wissen und Gewissen beschwören?»

Bielmeier nickt wie eine Marionette.

Alles erhebt sich. Nachdem ihm der Vorsitzende die Eidesformel vorgesprochen hat – übrigens die religiöse, die er gedankenlos auf die Frage des Richters akzeptiert hat –, hebt Bielmeier die rechte Hand und sagt kaum vernehmbar:

«Ich schwöre, so wahr mir Gott helfe ...»

Er geht wie besoffen zur Zeugenbank und setzt sich. Er kann nicht glauben, daß er davongekommen ist. Er zittert am ganzen Körper; es kostet ihn alle Kraft, sich unter Kontrolle zu halten. Nur ganz beiläufig kommt ihm zu Bewußtsein, daß er eben einen Meineid geschworen hat.

Seine Alte wird aufgerufen.

Sie stampft in den Saal. Ihr schwerer Gang fällt ihm auf ... Idiotisch. Ausgerechnet jetzt.

Sie tritt hinter das Zeugenpult, legt den Kopf herausfordernd in den Nacken, wirft einen kurzen, abschätzenden Blick auf den Verteidiger und gibt ruhig, mit einer etwas zu resoluten Stimme ihre Personalien an.

«Frau Zeugin», beginnt der Vorsitzende, «stimmt es, daß Sie am 22.

August etwa gegen 10.15 Uhr von Ihrem Mann aus dem Frankenbad im Geschäft angerufen wurden?»

«Jawohl.»

«Können Sie sich noch an den Wortlaut des Anrufs erinnern?»

«Ziemlich genau. Er hat gesagt, er ist kurz nach zehn von daheim losgefahren; jetzt ist er im Freibad am Marienberg. Bei der Affenhitze hätte er's daheim nicht mehr ausgehalten.»

«Und Sie sind überzeugt, daß der Anruf wirklich aus dem Freibad kam?»

Sie zeigt keinerlei Unsicherheit. «Herr Richter, das kann ich beschwören.»

«Nun, ich weiß nicht... Wieso sind Sie sich da so sicher?»

Sie lächelt. «Weil ich im Hintergrund ganz deutlich Badelärm gehört hab – Sie verstehen, was ich meine: Das Gekreisch von planschenden Kindern ... Wie es eben bei heißem Sommerwetter in einem Freibad zugeht.»

Der Vorsitzende blickt den Staatsanwalt an.

Der winkt ab: «Keine weiteren Fragen.»

Der Anwalt erhebt sich: «Frau Zeugin, ich bewundere Ihr akustisches Wahrnehmungsvermögen, aber ... wäre es nicht möglich, daß das Gekreisch, wie Sie es nennen, nicht auch von einem Kinderspielplatz herrühren könnte, der sich unmittelbar in Nähe einer öffentlichen Fernsprechzelle befindet?»

«Nein.»

«So? Und warum nicht?»

«Weil bei einem gewöhnlichen Spielplatz normalerweise kein so großer Tumult ist. Und weil schließlich eine Fernsprechzelle geschlossen ist und der Lärm, wenn überhaupt, nur ganz gedämpft zu hören wäre.»

«Und? Das trifft bei dem Telefonanschluß im Frankenbad nicht zu?»

«Offenbar nicht. Jedenfalls hab ich den Badelärm ganz deutlich gehört», beharrt sie.

Der Anwalt will noch etwas sagen, verzichtet aber dann doch darauf. «Keine weiteren Fragen.»

Agnes bleibt unvereidigt.

Auf die Vernehmung des Bademeisters Angermann und Bielmeiers Kollege Sägmeister wird verzichtet. Es wird als wahr unterstellt, daß beide mit Bielmeier im Freibad gesprochen haben.

Nach dem Gutachten des Gerichtsmediziners – er vertritt nach dem Obduktionsergebnis und sonstiger gerichtsmedizinischer Befunde die Ansicht, der Täter habe sein Opfer mit hoher Wahrscheinlichkeit während des erzwungenen Beischlafs in einer Art Affekthandlung erwürgt – legt das Gericht eine Pause von dreißig Minuten ein.

Die Unterbrechung ist für Bielmeier eine weitere Tortur. Es bilden sich im Saal und draußen auf dem Gang Diskussionsgruppen. Es wird heftig debattiert.

Bielmeier und Agnes sind auf der Zeugenbank sitzen geblieben. Keiner kümmert sich um die beiden. Schließlich kommt Bäumler heran und fühlt sich bemüßigt, kurz mit ihnen zu sprechen.

«Eine Zumutung, dieser Verteidiger», meint er.

Meint er es wirklich?

Agnes lächelt dreist. «Was heißt Zumutung? Wer die Wahrheit sagt, den kann nichts aus der Ruhe bringen.»

Bielmeier muß raus. Er kann das Geschwätz nicht ertragen. Er geht auf die Toilette. Er muß allein sein.

Drüben auf der Anklagebank redet Mutter Mladek unter Aufsicht der Vorführungsbeamten beruhigend auf ihren Sohn ein.

Der Junge hat offenbar die Sympathien der Zuhörer. Immer wieder kommt in den Diskussionen zum Ausdruck, daß er sicherlich kein brutaler Sexualverbrecher sei ... Es gibt freilich auch gegenteilige Meinungen. Vor allem ältere Jahrgänge blicken böse und meinen: «Solchen Halbstarken ist heutzutage alles zuzutrauen.»

Agnes Bielmeier läßt sich ihr Mitleid mit Mladek nicht anmerken. Insgeheim findet sie sich zum Abschießen, weil sie diese Sauerei deckt. Sie weiß, wenn der Junge tatsächlich verurteilt werden sollte, ist sie keinen Deut besser als ihr Alter.

Sie war gestern abend länger als sonst in der Kirche. Sie hat wieder Gott um Gnade für den Buben gebeten. Und sich selbst hat sie bei ihrer Fürbitte nicht ausgeschlossen. Aber ängstlich ist sie der Gewissensfrage ausgewichen, warum sie ihren Alten nicht der Polizei überantwortet hat. Denn sie hat im Grunde ein ganz egoistisches Motiv: Sie ist um ihr Ansehen besorgt. Sie fürchtet die Verachtung der Leute. Sie als gute Katholikin will nicht, daß man sie mit einem Mädchenmörder in einem Atemzug nennt ... Das zweite Motiv für ihre Handlungsweise ist noch simpler – es betrifft die Schuldentilgung für das Haus. Sie will ihrem Alten alles heimzahlen, was er ihr angetan hat. Er soll schuften und schuften, bis das Haus schuldenfrei geworden ist. Und wenn er dabei kaputtgehen sollte ... Dann will sie sich scheiden lassen. Das ist zwar nicht besonders katholisch, aber der liebe Gott wird's schon richten ...

Und sie beruhigt ihr schlechtes Gewissen mit dem Argument, daß das Leben, das ihr Alter nun viele Jahre führen muß, der Strafe einigermaßen gleichkommt, die er andernfalls hinter Gittern absitzen müßte ... Mit dieser eigenartigen Logik glaubt sie über die Runden zu kommen.

Der Prozeß wird mit den Plädoyers fortgesetzt.

Der Staatsanwalt legt den Sachverhalt noch einmal in aller Breite dar und vertritt die Meinung, die Beweisaufnahme habe im wesentlichen den in der Anklageschrift fixierten Tatbestand bestätigt.

Er verwirft die Theorie des Verteidigers, der Angeklagte habe mit Einwilligung der später Getöteten den Geschlechtsverkehr ausgeführt und sei dabei von ihr ‹im Rausch der Leidenschaft› zerkratzt worden.

Vielmehr, führt er aus, deuteten die Kratzspuren und die Hautpartikel, die man unter den Fingernägeln der Toten gefunden hat, darauf hin, daß sich das Mädchen wehrte. Der Angeklagte, der von Senta Bäumler Tage vor der Tat den Laufpaß bekommen hatte, habe sich eben mit Gewalt genommen, was er nicht freiwillig bekam, und dabei das Mädchen erwürgt.

Bezeichnend sei im übrigen auch, daß der Angeklagte gleich nach seiner Festnahme leugnete, an dem fraglichen Tag mit dem Mädchen geschlafen zu haben. Er habe damit gleich von vornherein jedweden Verdacht von sich abzuwenden versucht. Das erkläre übrigens auch, daß die Getötete, als man sie fand, ihr Tangahöschen anhatte. Es sei ihr vom Täter wieder übergestreift worden. Dabei habe der Angeklagte freilich nicht bedacht, daß er durch das vorgefundene Sperma und die auf dem Tanga ermittelten Speichelreste überführt werden könnte.

Ein weiteres Glied in der Indizienkette seien die vorgefundenen Papiertaschentücher mit den Blutflecken, die mit dem Blut des Angeklagten identisch seien. Man müsse davon ausgehen, daß er sich bei dem Kampf mit dem Mädchen verletzt habe – das sei das Naheliegende.

Was die Behauptung des Angeklagten betreffe, die später Getötete habe ihm erklärt, sie wolle den defekten Plattenspieler von dem Nachbarn Bielmeier reparieren lassen, so könne das durchaus den Tatsachen entsprechen, habe jedoch keinerlei Bedeutung für den Tatbestand.

Nach den Ermittlungen der Mordkommission stehe fest: Der Plattenspieler war nicht repariert, als die Tote gefunden wurde. Die Spurensicherung habe auch sonst keinerlei Hinweise ergeben, daß eine andere Person als der Angeklagte für eine Täterschaft in Frage kommen könnte. Einen Verdacht gegen den Nachbarn Bielmeier zu konstruieren, wie es die Verteidigung versucht habe, sei völlig indiskutabel.

Der Anklagevertreter vertrat die Ansicht, der Angeklagte sei als Heranwachsender noch nach dem Jugendrecht zu belangen und forderte für ihn wegen Mordes die zulässige Höchststrafe, nämlich zehn Jahre Freiheitsentzug.

Der Antrag löst im Zuhörerraum Unruhe aus. Mladek sackt in sich zusammen und verbirgt sein Gesicht in den Händen. Seine Mutter bekommt einen Weinkrampf.

Bielmeier sitzt reglos neben seiner Frau auf der Zeugenbank. Er knetet sein Taschentuch. Sie fingert nervös an ihrer Handtasche herum und starrt auf den grünen Fußbodenbelag des Sitzungssaales.

Verteidiger Dr. Holm-Strattner beginnt sein Plädoyer gleich mit seinem Antrag: «Ich fordere Freispruch für meinen Mandanten. Die Indizien reichen nicht aus, um darauf ein derart schwerwiegendes Urteil zu bauen.

Der Herr Staatsanwalt stützt sich im wesentlichen auf zwei Punkte: Einmal auf die Tatsache, daß mein Mandant zunächst leugnete, am Tag der Tat den Geschlechtsverkehr mit der Senta Bäumler ausgeübt zu haben, was jedoch durch die Spurensicherung und Obduktionsergebnis widerlegt wurde. Zum anderen – und hier wird es grotesk – folgert er daraus: Da mein Mandant den Geschlechtsverkehr ausübte, es aber verschwiegen hat, muß er Senta Bäumler auch getötet haben.

Auf diese beiden Säulen stützt der Herr Staatsanwalt seinen Antrag. Dies ist im höchste Grade fragwürdig: Wenn wir nämlich davon ausgehen, daß sich Senta Bäumler meinem Mandanten aus Zuneigung hingab und daß sie noch lebte, als mein Mandant Herrn Bäumlers Haus verließ, stürzt das Indiziengebäude der Staatsanwaltschaft wie ein Kartenhaus zusammen. Die Sache mit den blutigen Papiertaschentüchern zählt meines Erachtens in diesem Zusammenhang überhaupt nicht, weil sich mein Mandant tatsächlich beim Versuch, den Plattenspieler zu reparieren, verletzt haben kann ... Wir dürfen nicht den verhängnisvollen Fehler machen, die Version eines Angeklagten von vornherein als Schutzbehauptung abzutun. Herr Vorsitzender, Sie müssen genau prüfen und abwägen, ob die Version meines Mandanten nicht doch die richtige ist. Es muß eindeutig bejaht werden, daß auch eine weitere, bisher unbekannte Person, die Tat begangen haben kann. Solange das nicht mit letzter Sicherheit auszuschließen ist, muß dies zugunsten meines Mandanten gewertet werden.

Und wenn zeitweise der Eindruck entstanden sein sollte, als hätte ich bei meiner intensiven Befragung des Zeugen Bielmeier einen gezielten Verdacht zu konstruieren versucht – was mir der Herr Staatsanwalt glaubte unterstellen zu müssen –, so war es doch letzten Endes nur ein rein theoretisch zu verstehendes Exempel, um deutlich zu machen, wie es auch hätte sein können ... Nochmals: Ich beantrage den Freispruch für meinen Mandanten!»

Beifallsrufe aus dem Zuhörerraum.

Der Vorsitzende wendet sich an Horst Mladek: «Angeklagter, Sie haben das letzte Wort.»

Der Junge erhebt sich. Er stützt sich auf die Sperrbarriere und sagt stockend: «Ich ... Ich hab's nich getan ...» Er schluchzt und wendet sich ab.

Die Urteilsverkündung wird für 16.00 Uhr festgesetzt.

Jetzt ist es zehn vor eins. Alles strömt hinaus. Ein Geschiebe und Gedränge entsteht.

Mladek wird in den Haftraum gebracht. Seine Freunde rufen ihm aufmunternde Worte zu.

Bielmeier hält es keine Minute länger aus. Er verläßt den Saal und irrt durch die endlosen Gänge, bis er endlich den Ausgang findet. Zur Urteilsverkündung wird er nicht mehr erscheinen. Er fürchtet den Spruch der Richter mehr, als der Angeklagte selbst. Morgen wird er es aus den Zeitungen erfahren, ob ein Unschuldiger für den Tod Senta Bäumlers büßen muß.

Seine Alte hat sich nicht mehr um ihn gekümmert. Sie hat es während des allgemeinen Aufbruchs im Gerichtssaal nicht einmal für nötig befunden, ihn eines Wortes zu würdigen. Sie ist allein mit dem Wagen losgefahren.

Er hat ihr nicht die Freude gemacht, sie anzubetteln, um mitgenommen zu werden. Er geht einsam davon.

So einsam, wie er künftig immer sein wird.

14. Oktober
Sieben Wochen und vier Tage danach

Samstag.
Die Nürnberger Tageszeitungen bringen im Lokalteil ausführliche Prozeßberichte.

Eine Schlagzeile lautet: Der Mädchenmord von Buchenbühl bleibt ungeklärt. Ein Boulevardblatt erscheint mit der rot gedruckten Headline: KAM DER MÖRDER AUS DER NACHBARSCHAFT?

Horst Mladek freigesprochen, schreibt ein anderes Blatt. Und im Bericht heißt es:

> ... *der Vorsitzende führte in seiner Urteilsbegründung aus, es bestehe wohl noch ein erheblicher Tatverdacht, doch reichten die Indizien letztlich nicht aus, um darauf einen Schuldspruch stützen zu können. Letzte Zweifel an Horst Mladeks Schuld seien nicht auszuschließen. Folglich müsse nach dem alten Rechtsgrundsatz ‹Im Zweifel für den Angeklagten› ein Freispruch ergehen. Es bleibe der Staatsanwaltschaft vorbehalten, ob in anderer Richtung zu ermitteln sein wird. Die Staatsanwaltschaft gab gestern noch keine Erklärung ab, ob sie gegen den Freispruch Berufung einlegen wird.*

Es ist halb acht.

Bielmeier sitzt ungekämmt und unrasiert am Küchentisch. Er hat eine schlaflose Nacht hinter sich. Es ist eine der schlimmsten in seinem armseligen Leben gewesen. Einsam hockt er da. Sein Gesicht ist leicht gedunsen. Den Morgenrock hat er nur schlampig übergeworfen.

Agnes läßt sich nicht blicken. Er hat auch keine Sehnsucht nach ihr. Er liest den Prozeßbericht. Zeitweise verschwimmen die Buchstaben vor seinen Augen.

Gestern hat er noch geglaubt, die Galgenfrist sei abgelaufen.

Heute weiß er: Sie ist nur verlängert worden. Auf wie lange wohl – auf Wochen, Monate oder gar Jahre?

Vielleicht wird er allein an dieser Ungewißheit zerbrechen.

Ob der junge Mladek die Erlebnisse der letzten Monate – den Mordverdacht, die Untersuchungshaft, die Pein der Hauptverhandlung – seelisch verkraften wird? Nun, er ist ja freigesprochen worden. Aber ...

Bis vor kurzem hieß das noch: Freispruch mangels Beweises ... Heute heißt es nur noch Freispruch. Aber die Revolverpresse informiert ihre Leser noch immer lückenlos und – wenn's sein muß, zwischen den Zeilen – eindeutig.

14. November
ZWÖLF WOCHEN DANACH

Die Tage sind grau, die Stadt ist grau, das ganze Scheißleben ist grau.

In den ersten Wochen nach dem Prozeß hat Bielmeier gespürt, daß er zwar die Sache ohne äußere Komplikationen überstanden hat, aber gezeichnet ist. Und das wird auch so bleiben.

Es gibt Bekannte, die ihn neuerdings nicht mehr grüßen. Im Werk fallen mitunter anzügliche Bemerkungen. Beim Wanderverein ‹Edelweiß› hat man ihn unter einem billigen Vorwand als Vorstandsmitglied abgewählt. Etliche Vereinskameraden versuchen, ihm möglichst aus dem Wege zu gehen. Er läßt sich bei den Versammlungen nicht mehr sehen.

Nur Bäumler bewahrt ihm und seiner Frau gegenüber seine sterile, distanzierte Freundlichkeit.

Noch ein paarmal in den letzten Wochen hat Bielmeier im Postkasten anonyme Kuverts mit Zeitungsausschnitten vorgefunden. Prozeßberichte. Es waren jene Passagen angestrichen, die sich auf den Versuch des Verteidigers bezogen, die Glaubwürdigkeit und das Alibi des Zeugen Bielmeier zu erschüttern.

Es bleibt ungeklärt, wer die Zeitungsausschnitte bei ihm einwirft. Für ihn, Bielmeier, besteht allerdings kein Zweifel: Es kann nur Bäumler sein.

Bielmeier wird von seiner Alten nur noch wie Luft behandelt. Sie spricht kaum noch ein Wort mit ihm. Nur in der Öffentlichkeit spielt sie noch die Rolle der liebenden Gattin. Manchmal sieht man die beiden gemeinsam in die Kirche gehen ... Ein friedliches Kleinbürgerdasein, hinter dessen Kulissen das Chaos zum Alltag geworden ist. Es ist ein Alltag aus Haß, Demütigung und Verdrängung.

Sie müssen damit leben wie andere mit einer unheilbaren Krankheit. Alle beide.

Und jeder Tag, der neu anbricht, kann das Ende bringen.

«Die glücklichste Neuentdeckung der letzten Zeit ist der Holländer Janwillem van de Wetering, der sich, wie es schon bei Sjöwall/Wahlöö zu beobachten war, von Buch zu Buch steigert.»

Eßlinger Zeitung

Janwillem van de Wetering

Outsider in Amsterdam [2414]
Eine Tote gibt Auskunft [2442]
Der Tote am Deich [2451]
Tod eines Straßenhändlers [2464]
Ticket nach Tokio [2483]
Der blonde Affe [2495]
Massaker in Maine [2503]

  erschienen in der Reihe rororo thriller

«Diese Kriminalromane gehören im Augenblick zum besten, was zu lesen ist, nicht nur auf dem Gebiet der Kriminalliteratur.»
Rheinische Post

Sjöwall/ Wahlöö

Es liegen vor:
Die Tote im Götakanal [2139]
Der Mann, der sich in Luft auflöste [2159]
Der Mann auf dem Balkon [2186]
Endstation für neun [2214]
Alarm in Sköldgatan [2235]
Und die Großen läßt man laufen [2264]
Das Ekel aus Säffle [2294]
Verschlossen und verriegelt [2345]
Der Polizistenmörder [2390]
Die Terroristen [2412]
Libertad! [2521]
Mord im 31. Stock [2424]
Das Lastauto [2513]
Unternehmen Stahlsprung [2539]

erschienen in der Reihe rororo thriller

«In der Auflehnung gegen allzu glatte Konstruktionen liegt das Interesse begründet, das man diesem deutschen Krimiautor entgegenbringt, weil er die vertrauten Formen – mitunter auch bis zum Bersten voll – mit einer neuen Wirklichkeit füllt.»

Hessischer Rundfunk

Kein Reihenhaus für Robin Hood
Ein Kriminalroman. 192 Seiten. Geb.

In der Reihe rororo-thriller sind erschienen:

Einer von uns beiden [2244]

Von Beileidsbesuchen bitten wir abzusehen [2250]

Stör die feinen Leute nicht [2292]

Ein Toter führt Regie [2312]

Es reicht doch, wenn nur einer stirbt [2344]

Mitunter mörderisch [2383]

Einer will's gewesen sein [2441]

Von Mördern und anderen Menschen [2466]

Ausgezeichnet als «Buch des Monats»:

Am Samstag aß der Rabbi nichts [2125]

Rolf Becker/Der Spiegel, Hamburg: «Zum ‹Buch des Monats› hat die Darmstädter Jury, ein der Deutschen Akademie für Sprache und Dichtung verbundenes Literatur-Gremium, den als rororo-Taschenbuch erschienenen Kriminalroman erwählt. Es ist das erste Mal, daß diese Auszeichnung einem Kriminalroman zuteil wird. Beifall für die Auszeichnung der literarischen Gattung und für die Wahl dieses speziellen Buches!»

Harry Kemelman

Am Freitag schlief der Rabbi lang [2090]
Ausgezeichnet mit dem Edgar Allan Poe Award

Quiz mit Kemelman [2172]
8 Kriminalstories

Am Sonntag blieb der Rabbi weg [2291]

Am Montag flog der Rabbi ab [2304]

Am Dienstag sah der Rabbi rot [2346]

Am Mittwoch wird der Rabbi naß [2430]

Der Rabbi schoß am Donnerstag [2500]

Am Samstag aß der Rabbi nichts [2125]

erschienen in der Reihe rororo thriller